U0134501

全 球 華 人
乳 癌 組 織 聯 盟
Global Chinese Breast Cancer
Organizations Alliance

粉紅天使
與她的
26 個檔案
（第二版）

序

心靈的天使

《粉紅天使與她的 26 個檔案》這本書的名字和封面設計，給人滿滿的溫柔和溫暖感覺，而它更以英文字母 A 至 Z 代表發生在身邊、尊重生命、積極進取的真人真故事，就像 26 個字母互相拼合般，變化出無盡的情感，勵志動人。

現代女性獨立、堅毅、自主，但當不幸患上嚴重疾病，無論性格如何堅強，柔弱的身軀和心靈都難以對抗，有些疾病更不能宣之於口，因此發病時的打擊、檢查時的擔憂和恐懼、治療過程中的痛苦，都要獨自承受，身邊人扶持固然重要，但若有過來人陪伴、釋疑和分憂，抗病之路就不孤單。

由義工組成的「粉紅天使」，恍如落入心靈的天使，走進乳癌患者的心坎和生活裏，在她們求診、突然感到害怕、不安、疑慮或想放棄時，「粉紅天使」都陪伴在側。由於天使們是過來人，生命因抗癌而得以成長，其見證、分享和鼓勵，可為墮入谷底的

病患者帶來光明，引領她們回到充滿色彩的世界。在同行的過程中，天使們要重新感受發病和診治的種種歷程，可再次成長。

相信書中和現實中被關顧的領受者，康復後會成為別人的天使，更會善用她們從生命成長中所得到的力量，影響更多人，並感動更多過來人或同路人，加入「粉紅天使」的行列，使之成為更壯大的義工團隊。

最後祝願病患者早日康復！

林正財醫生 SBS, JP

銀紫荊星章，太平紳士
行政會議成員
基督教靈實協會行政總裁

序

最好的粉紅援助

自從我 1972 年畢業以來，醫學界對乳癌的知識和治療取得莫大進步。現在我們知道 BRCA1 和 BRCA2 基因可能與乳癌有關。治療方面，除了極具創傷性的根除性全乳切除手術，合適的病人現時可以選擇局部乳房腫瘤切除手術，隨後立即進行乳房重建。前哨淋巴結切片是常規檢查。個人化治療方案是大趨勢，根據病人的基因和病理報告，然後安排最適切的化療或標靶治療。

雖然如此，乳癌仍是香港女性中最常見的癌症之一。在以下的 26 個故事中，你可以瞭解到患者的恐懼和擔憂，以及看到義工們如何積極投入，幫助患者紓減痛苦、共抗癌魔。

　　其中的一個故事令我回想起在 15 年前，我一位親戚的太太不幸患上乳癌，來看我時腫瘤已經很大。雖然已進行切除手術，但不論是公立醫院的醫生或我自己，都無法勸服她接受化療，全因她聽說過治療的副作用。這令我十分遺憾。

　　如果當時有像「粉紅天使」這樣的一支熱心義工團隊，主動跟進及支援患者，我相信絕對有機會勸服這位女士接受治療，踏上康復之路。我衷心希望「全球華人乳癌組織聯盟」可以繼續拓展，為更多病人提供最好的援助。

蔡堅醫生

香港醫學會會長

序

醫院以外的病人支援

　　根據統計，2021年香港新確診乳癌的患者有 5,592 名，和 2020 年相比上升了 12%，情況值得關注，需要更多的數據來分析乳癌的趨勢及如何防範。目前大比數的乳癌患者發現時已是 2 期或以上，即她們均需要接受化療來配合整套的治療。化療的療程需時由 3 個月至 1 年不等，當中的副作用多，病人身心受創，也要定期覆診以確定治療的成效，令人深深體會到癌症病人在治療過程中的身心疲憊。

　　由於患者人數比較多，醫生每天要為數十至百多位病人診症及治療，未能有充裕時間停下來關注病人的其他需要，家人便成為照顧病人的主要支柱。

　　認識「全球華人乳癌組織聯盟」，是在數年前他們主辦的粵曲籌款活動開始。他們提供全港首創「粉紅天使乳癌化療陪診服務」，以過來人義工的身份，無私協助乳癌病人渡過抗癌治療的歲月。事隔數年，見證此組織的成長，今次更把此服務當中的部分

故事結集成書，好讓更多人明白乳癌病人在治療期間的心路歷程及疑問。這群義工的存在，確實對病人，照顧者及香港的醫療系統起了作用。醫生給予病人適切的治療，家人愛心的照顧，再配合過來人義工的陪伴與支持，令整個治療更完備，加速病人盡快康復。

事實上，香港對照顧者投放的資源有進步的空間，實在需要更多類似的機構提供相關服務。希望除了乳腺科，日後推廣至其他癌症科，為病人造福。

高永文醫生 GBS, JP

前香港食物及衞生局局長

序

抗癌勇士的堅毅意志

「全球華人乳癌組織聯盟」(「華人乳癌聯盟」)是由一群熱心的乳癌康復者及義工組成。自 2006 年首次國際乳癌大會以來，「華人乳癌聯盟」一直抱着支援乳癌患者的理念，推廣乳健教育，加強各地華人乳癌團體之間的資源共享，鼓勵互相交流和合作。

雖然現今網絡資訊發達，但許多癌症的預防、成因、治療方法，每每在坊間引起錯誤理解。「華人乳癌聯盟」的一群充滿愛心的乳癌康復者有見及此，於 2017 年組成了粉紅天使義工團隊。而「粉紅天使乳癌化療陪診服務」更是香港首創及唯一提供免費乳癌化療陪診的團隊，支援及陪伴正在接受化療的病人。他們的努力付出，得到廣泛的欣賞及認同。透過同路人真實的分享，親述癌症的治療經驗，增加乳癌患者的心理準備及應付治療副作用的信心。

　　《粉紅天使與她的 26 個檔案》通過 26 個乳癌患者、康復者的現身說法，細膩入微地描述「同路人」的經歷及感受，希望為讀者帶來正確、正面的資訊。同時，亦盼讀者感受到每位抗癌勇士的堅毅意志，在患病期間，亦能保持積極樂觀的態度，讓生命活得精采。

　　謹此祝願「華人乳癌聯盟」能繼續發揮正能量，給予乳癌患者帶來希望與安慰。

楊明明教授

內科腫瘤科醫生
中文大學醫學院臨床腫瘤學系教授
前香港乳癌研究組主席

序

向前邁進的指路明燈

積極的人像太陽，照到哪裏，哪裏亮。當許多普通人默默地積極幫助其他人，世界就會悄悄地改變。

2018 年，我在馬來西亞出席一個由國際抗癌聯盟 The Union International Cancer Control (UICC) 主辦的世界癌症大會 World Cancer Congress 時，認識來自香港、充滿愛心、活力又開朗的王天鳳，得知她多年來努力為全球華人乳癌病患者無私付出，深受感動。

「粉紅天使乳癌化療陪診服務」是「華人乳癌聯盟」提供服務的其中一環，對此服務提供我非常欣慰。過去任職香港東區尤德醫院腫瘤科顧問醫生及部門主管的我，也曾是癌症病人家屬，對於病患者和照顧者家人面對的甜酸苦辣，都有深刻的感受，尤其那些需要孤軍作戰，或家人因工作未能陪伴支援的患者；他們很需要幫忙，尤其是病友義工的扶助。

書中道出過來人義工與患者並肩同行的悲與喜，縱使不幸患病，靠像天使般的過來人陪伴、鼓勵，資訊交流及提供意見，協助解決問題；加上過來人的經驗比任何人都來得更有說服力，讓

患者能抱樂觀的態度，減輕對療程中的不安和焦慮，充滿希望，積極面對乳癌療程。希望給人帶來光明，希望給人帶來活下去的勇氣，患者只要心中有希望，病魔也會退卻。憑藉支援，患者能保持心境開朗，豁達面對一切艱辛，對治療和康復肯定事半功倍。

書中記載每一個充滿愛和關懷的故事，是人間有情的真實紀錄，是撥開雲霧向前邁進的指路明燈。如果説生活中有一種快樂的感覺，那一定是你們現在感到相互關愛的感覺。

在此我謹向各位義工致敬，並祝願患者珍惜義工的每份真情，要努力積極面對癌症的困擾，不要辜負在困難時身邊出現的天使。

李詠梅教授

雅麗氏何妙齡那打素慈善基金癌症全人治療教授
香港大學醫學院臨床腫瘤學教授及系主任
香港大學深圳醫院醫療服務副院長
香港大學深圳醫院臨床腫瘤中心主管

序

愛的傳承

世上如有天使，相信「全球華人乳癌組織聯盟」定是充滿天使的團體之一。

認識「全球華人乳癌組織聯盟」，要從我一位同事說起。我同事確診患了乳癌，心中正感忐忑、焦慮、茫然之際，偶爾從電視節目上看到有關這個組織的服務介紹，於是致電查詢。第二天，一位素未謀面、非親非故的「粉紅天使」義工，竟以過來人身份，陪伴我同事去接受化療。化療過程中，「粉紅天使」以同路人身份，跟她分享患病經歷、化療副作用，以及康復後如何走上「天使」之路，幫助不同的乳癌患者，給他們鼓勵、支持和信心。在漫長的化療復康過程中，我同事深被「粉紅天使」的無私奉獻感動，於是把他們介紹給我認識。

當初認識「全球華人乳癌組織聯盟」時，難免有點好奇：何以有這麼多熱心的義工，願意用自己寶貴的時間，來陪伴陌生人去接受化療？經瞭解後，原來這隊「粉紅天使」義工全是乳癌康

復者，他們深刻體會化療陪診服務對乳癌患者的重要性，故此創立了香港首個提供免費乳癌化療陪診服務的組織。我相信這項嶄新的陪診服務，定可以幫助更多乳癌患者，給他們勇氣和能力，克服病患與化療所帶來的種種艱辛和苦痛。因為他們是以「愛」支持同路人，用「行動」陪伴病患者。

「粉紅天使」義工團隊把其中 26 個故事結集成書，我非常榮幸參與撰寫序言，希望大家能多支持「粉紅天使乳癌化療陪診服務」，讓這份愛能傳承下去。

容永祺 SBS, MH, JP
友邦保險（國際）有限公司區域執行總監及榮譽顧問
香港專業及資深行政人員協會創會會長

序

印證「同行者」的重要

讀畢《粉紅天使與他的 26 個檔案》，實在令人感動，也深深印證了「同行者」的重要。

這本書由「粉紅天使」義工將他們與乳癌病人互動的情節寫下來，細緻描述，讓讀者體會到乳癌病者由患病，治療到康復期間的心理歷程，當中見到一群「粉紅天使」想盡辦法幫助病人走出陰暗低谷，重拾自信，不期然佩服他們的不捨關愛精神，香港人間有情，一群義工為了素不相識的病人着緊，儼如關心親人一樣。

當中有一個故事令我感受至深：在新年期間，各家各戶開開心心迎接新春來臨，但一位東北姑娘以為自己另一邊乳癌擴散了，憂心忡忡，失去了平日樂觀心情，人彷彿老了 10 年。一群天使不停為她打氣，身體力行陪伴她外出散心，鼓勵她每日散步和行山。當擁抱大自然過程中碰到的人和事，令東北姑娘對生命重燃希望。改變了負面思想，心態也截然不同了。

　　一群「粉紅天使」，讓大家感受到人間有愛，不論外面風雨飄搖，無阻這群「粉紅天使」助人之心，現今的世界實在需要多些天使，在周邊發揮互相共勉的精神。

　　極力推薦大家閱讀這本書。書中內容充滿愛心，愛可令受痛苦困擾的病友敢於面對困難。不論有病無病的朋友都適合細嚼，當中你會更瞭解患乳癌者的徬徨、絕望、憂慮，期間的所思所想。當身邊有人同行、陪伴、鼓勵及支持後，心態由消極變積極，到最後自己也化身成為天使，這是最美好的結果。

陳婉嫻女士

婦女事務委員會主席

序

人世間的真善美

我和「全球華人乳癌組織聯盟」結緣於 2018 年的《粉紅粵韻傳愛心》活動上。整場粵曲晚會充滿了歡歌笑語，現場大部分的演出嘉賓及觀眾都是康復者，她們每一位都臉色紅潤、精神奕奕，中氣十足。這是我第一次認識到「粉紅天使乳癌化療陪診服務」，我被義工服務背後的理念、她們的愛與情深深地打動。

半年後，我跟王天鳳主席再次相見，一見面我們即互相擁抱問好，她們比之前更加美麗動人，我相信這就是相由心生，人善則美。溫柔善良的王主席還跟我分享保健湯水，讓我暖在心頭，感受到人世間的真善美。

在 2019 年，我有幸被邀請出席中心的開幕典禮。典禮上，姊妹們熱情高漲、載歌載舞，差不多一百人一起打着拍子唱歌跳舞，全場喜氣洋洋，朝氣勃勃。大家都對中心以及義工服務的成長感到非常高興。

　　近年，我專注於身心靈健康和臨床催眠治療的研究和學習。在歐美地區，有很多成功的例子是透過臨床催眠治療來紓緩癌症患者及其家人的情緒，患者的用藥量相對減少，同時康復率也有明顯的提升，令我瞭解到精神健康的重要性。

　　姊妹們！沿途有一眾家人、朋友、姊妹相伴，保持信心、希望與正能量，讓生命繼續發光發亮。每一段經歷，都是人生的一個過程，憑着堅定的信念，豁然開朗地面對，美好的人生就在眼前。在這裏，我向大家送上滿滿的愛與祝福，祝福正在閱讀這本書的您，身體健康，如意吉祥。

朱慧敏小姐

粉紅大使
藝人
靈性反應療癒師
夢境療癒師
大腦語言程式學高級執業師
臨床催眠治療研究生

序

從天堂大門前繞了一圈的「粉紅天使」

在《精靈一點》節目中，我常常訪問來自不同界別的有心人，他們均是充滿愛心、無私和充滿正能量的朋友。某一次，「全球華人乳癌組織聯盟」的代表，接受了我的訪問。在過程中，她娓娓道來一位乳癌病患者的親身經歷——由自己患病之前的情況，再到如何披荊斬棘，逐步踏入康復路的點滴，一一跟聽眾分享。聽着她如何勇敢地面對死神的挑戰，回過頭來，卻又彷彿像在說別人的故事般從容不迫，那份信念和堅持，令我留下深刻的印象。

事實上，能懂得拍拍身上的塵埃，面對自己患上癌症已經是件不容易的事情，然後再義不容辭地伸出雙手，與一班已康復的「粉紅天使」義工團，藉着自己的故事，讓同路人看得見希望和光明，相信對他們來說，更加是無可估計的推動力，畢竟只有康復者的真實經歷，才能真正理解和明白同路人的感受！

　　此書當中的每個故事，均展現出過來人支援的重要性，我閱畢後，真的被她們的正能量所感動，因為每一個故事中，也能感受那份不能言喻的生命力，還有，能啟發出生命的寶貴價值，活在當下！珍惜生命！

　　上天要她們從天堂大門前繞了一圈再回來，然後重返這片小土地，定必因為人世間還需要像她們般的「粉紅天使」，幫助更多有需要的同路人，加油呀，「粉紅天使」們，大家需要您們啊！

劉美娟女士

著名藝人
作者／主持

主席的話

心靈的陪伴及守護

　　15 年前患上了乳癌，面對各種確診後的負面情緒、治療的恐懼、死亡的威脅，都使我感到憂慮和不安，幸好得到同路朋友們的鼓勵和支援，才可順利渡過艱辛的療程。

　　乳癌改變了我對人生的看法，我學會了珍惜。作為過來人，我深深感受到同路人的支援，以及病友互相鼓勵的重要性。因此，康復後我主動加入義工行列，希望透過自己的經歷，為有需要的病友出一分力，讓她們在治療期間，不再感到孤單，有信心打贏這場硬仗。

　　2016 年，「全球華人乳癌組織聯盟」在香港註冊，乏資源，缺人手，我們憑藉一顆熾熱的心，摸石過河。化療是癌症療程中最困擾、最多副作用的，為了更貼切地支援本地病友，遂萌生意念，孕育全港首創的免費「粉紅天使乳癌化療陪診服務」。

　　「粉紅天使」項目由構思、籌劃至實行，舉步維艱，困難重重，尤幸有一群無私奉獻的「過來人」不畏辛勞、不計回報，以及多位資歷豐富專業人士拔刀相助組成顧問團，給予各方面的協助，令我們像如虎添翼般，可以幫助更多的同路人。

　　首批「粉紅天使」終於在 2017 年中投入服務，後來更多康復義工相繼加入，新康復者轉化為助人的「天使」，以生命影響生命，令人既鼓舞又感動！

　　陪診服務涉及安排相稱的義工，配對熟悉受療的醫院、與受助人癌症期數及治療相若，以達至更佳效果，配對得宜可令事半功倍，但難度亦相對提升，慶幸經過 3 年時間的磨練，「粉紅天使」一步步向前邁進，做到了！且受到社會團體、醫護專業及受助人的廣泛好評和讚賞。

　　這本書結集了26位病人和「粉紅天使」的真實故事，由她們親自講述，道出箇中的甜酸苦辣，讀之不難感受到「粉紅天使」的「不離」，以及病友的「不棄」。化療陪診服務知易行難，在陪伴過程中，義工須要重踏自身療程時不快的經歷，因此義工培訓和義工支援同樣重要。義工們不僅是「時間上的陪同」，亦是「心靈的陪伴及守護」，當中有笑有淚，「粉紅天使」與治療中的姊妹同哀傷、同喜樂，齊心跨越療程中的障礙，一個親切的擁抱，又或一句簡單鼓勵語，便可像一支強心針般，化消極為積極，令病友們重拾鬥志。

　　細閱每一個故事時感動人心，不期然回望這數年的耕耘，可算是無數的恩賜，「粉紅天使」的無私付出，默默的努力並沒有白費。在準備此書的過程中，獲眾多朋友仗義幫忙，由衷感謝。

　　2024年印製「粉紅天使與她的26個檔案」第二版，因為「粉紅天使」服務的被肯定令我獲頒香港紅十字會的「2023香港人道年獎」，在此特別感謝一直與我並肩作戰的「粉紅天使」們，感謝大家的堅持及愛心、各方「醫護人士」、「有心人」及「相關團體」的義助和賜教。祝福病友遠離病困，祝願大家喜樂安康。

王天鳳女士

全球華人乳癌組織聯盟主席

目錄

粉紅天使與
她的 26 個檔案

粉紅天使
與她的
26個檔案

接受化療，
是最好的「自療」

粉紅檔案配對 (1)

粉紅天使 A	乳癌 3 期，曾擔心化療產生後遺症，後獲其他康復者支持，決定接受化療，現已康復 11 年。
服務對象	雪芬，乳癌 2 期，丈夫患初期腦退化症，育有一女。手術順利完成，唯拒絕接受進一步治療，最後接受勸說，接受化療。

2019 年 6 月，晴。

　　子林是一位非常健談的同路人，平日也是由我來負責她的案子，但今次不同的是，主角換轉了，子林在醫院認識的一位新朋友，她叫雪芬，剛完成手術，但拒絕接受進一步化療，情況令人憂慮。

　　「她的姑奶奶就是勸了她很多次，但她依然堅持，認為化療沒意思！」子林昨晚致電給我時，一口氣就説了重點。

　　「您在説誰？慢慢告訴我有關她的故事吧。」子林聞言靜了一會兒，她可能知道自己太過心急，沒把主角説清楚。

　　「是這樣的，是雪芬啊！今天我跟志娟在威爾斯親王醫院覆診時，突然有位約 50 歲的姨姨主動過來跟我們搭訕，原來她是雪芬的姑奶奶，她説自雪芬完成手術後，一直堅持不願做化療，屢勸不聽，在等候期間，見到我們一個戴假髮，一個套頭巾，估計我們都是同路人，故此冒昧前來，希望我們能幫幫口，勸服她繼續化療程序，可惜的是，當我們用了九牛二虎之力嘗試説服她時，她卻無動於衷，所以一看完醫生回來，便第一時間向您求救，希望您能幫幫她。」

　　子林像我有同樣的傻勁，雖然自己還在治療中，但看見別人需要幫忙，總是會二話不説的出心出力。

　　「可惜由於私隱關係，我不能私自把她的電話號碼給您，怎麼辦好呢？噢，我記起了，剛才聊天時，她提及兩星期後會覆診，還邀請我陪她呢，不如我們就在醫院等她好嗎？到時我跟她説一下就可以了。」子林自言自語地道，她就是這樣的可愛，卻又懂得如何尊重病友。

就這樣，6月28日，我如常披着粉紅外套，在聯合醫院陪診後，午飯也來不及吃，便匆匆忙忙趕到威爾斯親王醫院與子林匯合。抵達醫院時，雪芬和子林已在閒話家常，我到後隨即加入她們的對話，如子林所言，雪芬是位善解人意、非常獨立的事業女性。我捨棄了單刀直入的查詢形式，改為先由提及子林的病情開始，循序漸進。就像說故事般，子林把自己當初不敢化療，到接受兩次化療的經過，以及有甚麼副作用……等等娓娓道來，在我的引領下，雪芬在旁聽着聽着，眉頭原本深鎖的她，頓時鬆緩下來，而對我，也開始產生了一點點信任感。熟稔後，她開始把自己的故事告訴我們……

2019年初，在女兒小學同學的家長飲茶聚會中，其中一位母親勸告大家要注意乳房健康，因她早前確診了乳癌，手術後幸好不用化療。自那次開始，雪芬開始定期留意及檢查自己乳房，在某次檢查時，發現乳房好像有點硬塊，情急下立刻致電好友，幸好朋友相助，幫助她預約醫生、抽組織及聽報告，令她能順利過渡，唯因丈夫患上初期腦退化症，加上不想為別人帶來麻煩，所以手術後事事寧願自己面對，也不願再搔擾其他親朋好友。

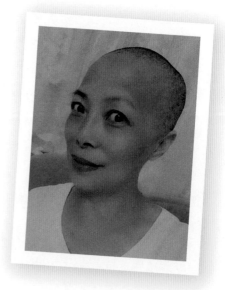

細談之下，原來手術後已快３個月了，為免錯失了化療的「黃金期」，我和子林開始着急了，但當時人重申她身體已經康復，沒有接受化療的必要，更甚者還多多「理由」，一時說手術後身體狀況良好，不但沒有影響工作，還可如常上班，不明白為何要化療，同步，又擔心如外間所言，化療後體質容易變差，會影響現時日常生活，當然對女性來說，儀容也是一大考慮，如化療後脫髮怎辦，大大影響外觀啊！

愈說我們愈焦急，但我們都知道，強迫只會令她反感，以退為進可能是更好的方法，於是我們嘗試閒話家常，由她的女兒開始聊起。

原來女兒今年已17歲了，正是青春期，就讀中六，幸好非常懂事，我們笑說一定要有健康的身體，否則怎能見證女兒日後難忘的一刻，好像畢業、結婚，可能還有機會抱抱孫兒呢！另外，丈夫也需要有人照顧啊，如她有甚麼不測，那誰來照顧這個家！說到這裏，雪芬的眼神告訴我們，她開始有點動搖，就在此時，護士喊着雪芬的名字……

就在此時，我抓緊機會追問道：「我可陪您一起看醫生嗎？」雪芬說可以。身旁的子林向我點頭示意，她「功成身退」了。

這時雪芬卻回應道:「您為我風塵僕僕地從聯合醫院趕過來威爾斯親王醫院,相信連午餐還未吃,對嗎?聽報告這回事,我有心理準備的了,您快去吃點東西,快快,不用理會我,身體要緊!」

當時是下午2時半,她見我未吃午飯,大概有點過意不去,擔心我會餓壞身體,所以多次催促我離開,但我不管她。

終於到我們看醫生了,X醫生是位細心的醫生,他詳細地為雪芬講解手術後報告,不幸地,在報告中顯示手術位置邊皮部分,發現殘餘少許癌細胞,雪芬聞言後感到非常愕然,因她之前曾拜訪手術外科醫生,但從未聽聞此情況,正當她感到迷惘之際,專業的X醫生催促她盡快落實化療,以免令癌細胞有機可乘。

坐在身旁的我,不禁捉着雪芬的手,緊緊地,希望能給她多點支持和鼓勵,然後跟她說:「雪芬,不要延誤了,就聽X醫生的話吧!」

她猶豫了一會,沒有回答。X醫生明白病人的心情,於是嘗試以另一角度再講解現時的病況和急切性,希望她不要一拖再拖,眼見雪芬仍然猶豫不決,我再次鼓勵她,希望她能接受化療,沉默數秒,最後,雪芬終於開腔:「我接受化療,請幫我盡快安排吧!」

聽着她一字一句的說出來,我頓時鬆了一口氣!最終醫生決定為她安排TC藥共4針,讓副作用減至最低。

「多謝A您老遠走來陪我看醫生。」雪芬道謝。

「不客氣！好了，我終於可以安心吃午飯了。」我笑說，時而下午 4 時 30 分。

自從雪芬決定接受化療後，就像她向來的性格，勇往直前，沒有半點後悔和退縮，看着她的意志堅定，我的心也安定下來。

化療的副作用對雪芬來說不算多，只是有 3 至 4 天感不適、容易口乾、口腔內患有兩點小痱滋、胃口不佳，以及骨骼有點痠痛。我告訴她，化療期間無須戒口，最重要是多進食蛋白質的食

物，例如肉類，無論是牛肉、豬肉、魚肉或雞肉，只要是肉類，通通都可吃。至於口乾，我提議瞭解渴的方法是煲蘋果雪梨無花果水，以及竹蔗紅蘿蔔馬蹄煲水，兩者味道非常不錯，喝了可令口部的不適減至最低。

在化療期間，雪芬也如平常生活般與家人、朋友及同路人一起出外喝茶和吃飯，而一家三口的起居飲食，還是由這位能幹媽媽一手包辦，為減少副作用帶來的不適，雪芬又聽從我的建議，天天做運動，現時每天散步 90 分鐘（大約 8,000 至 10,000 步），若然那天沒有「動起來」，感覺生活像欠缺一點甚麼呢！

雪芬患上乳癌後，生活習慣改變不少，好像現時她不但多做運動，而且飲食方面更實行「少肉多菜」制，心境方面比以前放鬆不少，看着雪芬因「禍」得福的改變，真心替她高興！但更興奮的事，我還沒跟大家分享呢！

雪芬完成最後 1 次化療後，多次致謝曾幫助她的每位「粉紅天使」，其後她提出一個小小要求。「A，我可以加入義工隊伍，成為『粉紅天使』的一分子嗎？」雪芬細聲地問我。

我捉緊她的手，就如那天坐在醫生面前，緊緊地，道：「歡迎您成為我們的一分子！」

我們，相對而笑，像暖暖的陽光，為下一個案子作準備。

知多一點點

拒絕化療的原因很多，但接受後的好處其實更多，例如：

- 化療真的有效嗎？化療是輔助性的治療，手術雖然切除了腫瘤，但有可能極微量的癌細胞仍在身體中，透過化療，可把殘餘的不良細胞殲滅。

- 擔心脫髮問題：坊間其實有很多真髮織成的假髮，當中有些比真正的髮型更漂亮。

- 擔心化療後身體變差，以後不能再工作：子林是一個很好的例子，完成兩次化療後，體重並沒有減少，說話時中氣十足，所以不要被傳言誤導。

乳健知識

甚麼是乳癌？

- 乳癌是惡性腫瘤

  由乳房內不正常的細胞病變、侵略並破壞乳房正常的組織而形成。

- 乳癌細胞有可能擴散

  乳癌細胞有可能跟隨血液和淋巴系統，擴散至腋下淋巴腺及人體其他器官和組織，例如：肺部、骨骼、肝臟及腦部等，甚至會威脅患者的生命。

提高警覺，及早發現乳癌，治癒的成效便愈高，較早期乳癌不但可以減輕治療的費用開支，亦能避免因治療帶來的身心負面影響及情緒困擾。因此，關注乳癌，乃所有婦女應該擁有的意識。

虛驚，有時更加
令人膽戰心驚

粉紅檔案配對 ②

粉紅天使 B	正電子掃描報告顯示淋巴及心臟「亮了燈」，最後檢查為虛驚一場。
服務對象	東北美人，一邊乳房為惡性腫瘤，另一邊為良性，正電子掃描報告顯示肺部及淋巴「亮了燈」。

2018 年 4 月，陽光普照。

用「眼前一亮」來形容初次見面的「東北美人」，絕不為過。今天，原本只是約了一位早期不願化療，最終在我鼓勵下，接受了第一次化療的同路人，所以特意邀請她共晉午餐，以示鼓勵。就在這個下午，她順道邀請了兩位同路人出席，其中一位高約 5 尺 6 寸，套了假髮、皮膚雪白、五官標致，由於東北出生，故此大家笑稱她為「東北美人」。

事實上，部分剛完成化療的病人，由於黑色素沉澱，皮膚會顯得較暗淡，而臉色亦會變得欠缺光澤，但東北美人卻不一樣，她已完成化療，只餘 14 針標靶藥而矣，但她的美貌卻沒半點兒受影響，依舊白裏透紅，令人羨慕不已。東北美人非常健談，由於見面次數多了，大家逐漸熟絡，現在還成為好友。談起如何發現？她也很樂意跟我們分享。

「2018 年 1 月時，原本只是作例行的乳房造影檢查，怎知一發現，便是兩邊乳房均出現問題，經抽組織化驗，結果一邊是惡性腫瘤，另一邊是良性！患有乳癌那邊，我即時決定切除，繼而進行重建；而另一邊雖然是良性，但為安全起見，醫生建議保持每半年檢查一次！」

幸好她有良好的定期檢查習慣，否則結局難以想像，同年 12 月底，東北美人進行照超聲波檢查，竟然發現本來良性的那邊乳房，良性瘤竟然比上一次檢查時大了一倍，醫生見狀，即時替她抽取細胞組織化驗，結果證實已轉變為原位癌，東北美人知道後非常害怕，立即聯絡我。由於時間接近農曆新年，而且只是原位癌，故與主診醫生商量後，決定過年後才進行切除手術。

「B嗎？您在嗎？我很擔心啊！不知何解今次比上次更加擔心！都已不是第1次了，為何還這樣坐立不安呢？！」

「只是原位癌，不必太擔心啊，有醫生跟進，丈夫又在身邊支持，來，平常心面對。」我說。

「不是不是，我總是覺得有點不對勁，好像快有大事發生似的，B，我是否應跟醫生說，盡快開刀切除腫瘤，今次，我是否不會像上次般好運，過不了這關，B……」

她一邊喊着我的名字，身為同路人，您以為我不明白嗎？「一朝被蛇咬，十年怕草繩」的困擾，我們每一位同路人也明白，因為只是小小的事情，便足以觸動每條神經線，之後只會愈想愈恐懼，然後鑽到牛角尖裏去，再到不能自拔的地步……此時真的要有同路人的開解、鼓勵，才能讓自己走出困境，否則一面倒地向壞處想，便會感到全身不同地方出現痛楚，現在回想起來，也甚為恐怖。原本想跟她分享我的經驗，但我知道這個時候，她最需要的，是聆聽、支持和陪伴。

「不要想太多，過幾天便是新年，讓我們暫時放下這事，將時間用在辦年貨、布置家室好嗎？一室喜氣洋洋，開開心心過年吧！待醫生回來，我們盡快處理。」我不等她的回覆，立刻致電數位姊妹，一同陪她到處逛逛，不讓她獨自呆在家中胡思亂想。

農曆新年過後，東北美人已急不及待前往醫院準備預約時間做手術，怎知醫生翻查病歷後，發現她的病情有點奇怪，因為她仍在接受標靶治療，而另一邊乳房出現原位癌的情況並不常見，於是建議她照正電子掃描，怎知報告顯示肺部和淋巴均「亮了燈」，代表着癌細胞可能已從乳房擴散至肺部和淋巴，病情可能非

常嚴峻，更會影響生命。故此醫生稱暫時不便動手術，並即時轉介她至胸肺科抽組織化驗。東北美人聽到這裏，已心亂如麻，不停追問正電子掃描亮了燈，有沒有其他醫生可以幫忙，看着她的憂慮，我決定把當年的經驗與她分享。

「其實，2013 年我也發生過類似事情，在照正電子掃描時，發現淋巴和心臟附近『亮了燈』，幸好報告出來顯示，淋巴發大全因感冒藥物影響所致，真的是虛驚一場！所以無論發生甚麼事，緊記要積極面對，因為痛苦的不單是我們，還有身邊的摯親最愛，要為他們多設想，別讓他們過分擔心。」

東北美人點着頭，於是我又一次轉換話題。

「就這樣決定，見胸肺科醫生，再作打算吧！與其哭哭啼啼，不如約一群姊妹吃飯、購物、看戲來消磨時間，這樣，總比對着四面牆壁好。」

數日後，醫生為她抽取組織化驗，以確定肺部及淋巴的細胞是因乳癌擴散或是新的癌症。在等候報告期間，東北美人的情緒出現 180 度的轉變，她開始徹夜失眠，寢食不安！丈夫愛妻心切，見她胃口不佳，每次替她多點好菜，希望能引起她的食慾，可惜她卻吞嚥不下，身心崩潰，像是世界末日般，跌入萬劫不復的深淵，害怕死亡快將降臨！看到東北美人的朋友們也嚇了一跳，她好像突然衰老了 10 年，變了另一個人似的，最終要服用鎮靜劑和安眠藥，以處理情緒帶來的恐懼和失眠。

我知道她的情況後，決定致電安慰她，從聽筒傳來的聲音，東北美人依舊恐慌，更甚者連說話的聲音也變得有點顫抖，於是我溝通的方式，不再與她糾纏在報告上，轉用另一個方法來支援她。

「雖然正電子掃描報告顯示肺部『亮了燈』，但您仍然中氣十足，沒有氣喘，您感到哪裏不適啊？」

「身體沒有不適，跟以前一樣啊！」她一邊説，一邊像被人敲開了頭，如夢初醒。

「既然您的身體狀況良好，跟以前沒分別，為何天天困在家裏，不如做些運動，改善身體素質，以應付將來臨的另一場戰爭，況且現在報告仍未有結果，怎可自亂陣腳？不如出外行山，吸吸新鮮空氣。」

「我可以行山嗎？」東北美人有點困惑。

「當然可以，行山能增強心肺功能，就由明天開始吧！您到山上，就代我們拍攝一些美麗的影片，分享給其他姊妹吧。」

有了這個美麗的「任務」，東北美人興高采烈地答應了。

第2天早上，東北美人真的坐言起行，連續3天，沒有間斷地上山，之後還致電給我，滔滔不絕地告訴我行山的好處，她説除了空氣清新，沿路風景非常漂亮，山明水秀，花草樹木欣欣向榮之餘，途中還認識了多位行山的新朋友，其中一位是的士司機先生，5年前肝指數超過1,000點，5年後的今天肝指數已降至正常水平，現在他一天行山兩次，毅力驚人，頓時，令她感到人生，原來有希望。

之後過了兩天，她又認識了一位60多歲，患有肺癌末期的女士，由於癌細胞已擴散至腦部，故此已不能動手術，唯一可以做，便是風雨不改地天天行山，亦因如此，身體狀況一天比一天好，聽着聽着，這些鼓舞的例子，令她不再恐懼、重新振作起來。

終於到公布結果的一天，我靜悄悄地在醫院等她，希望能陪伴東北美人一起聽報告，她甫入醫院見到我，不禁緊緊地擁抱着我。感動過後，大家即時坐着等候，四目交投，未敢開腔說一句話。」

「是您了，快過來。」護士指着東北美人道。

我們跟着她，來到醫生面前，見他神情非常輕鬆，然後以柔和的口吻道：「放心，報告顯示不是復發，也不是癌症！經檢測，原來是肺結核，屬不會傳染類型，但需要再留一些痰液作深入化驗，基本上問題不大。」

聽着這個喜出望外的結果，大家都有點不敢相信，於是彼此對望，然後我們再一起望着醫生，醫生見我們半信半疑，不禁給了一個肯定的眼神，以證實這好消息！

步出診症室，大家不禁大叫大跳，高興得像瘋了似的，旁邊候診的病人和醫護人員見狀，紛紛向我們投上了奇異的眼光！但不管了，這個「虛驚」，真的令我們又喜又驚。為了慶祝這個好消息，東北美人盛意拳拳邀請我和其他姊妹一起慶祝，但披上粉紅外套的我，還須趕往另一間醫院，因有另一位同路人，正在等待着這份無形的支持呢。

我很高興，現在她成為我們的最佳拍檔！在東北美人完成最後一次的標靶治療後，接受了義工培訓，今天她已變身「粉紅天使」。她希望分享自己那段「困在家中、惶恐度日」的經歷給別人，幸而有我們一群姊妹經常陪伴，令她走出谷底。這段不愉快的經歷，不但沒有打倒她，還驅使她決心幫助更多病友，為她們盡點綿力。

平靜的 Doris
差點被情緒打倒

粉紅檔案配對 (3)

粉紅天使 C	乳癌康復者，本身職業為護士，資深義工，有多年支援病人的經驗。
服務對象	Doris，48 歲時，2 期 HER2 乳癌，手術切除一邊乳房，需接受化療、電療及標靶治療。過程中感到震驚、慌亂及擔心是否可以醫得好，情緒受困擾。

2020 年 8 月 20 日，晴。

　　Doris 是位性格開朗，幽默健談的女士，像春風中的一抹亮色，總給人帶來歡笑與溫暖。

　　回想當初，Doris 剛確診乳癌，心中充滿了恐懼與不安，她是由外科和腫瘤科醫生一齊轉介給全球華人乳癌組織聯盟，負責支援她的粉紅天使，既是過來人，本身也是一位護士，故在不同層面上也能協助。所以每當困惑與擔憂湧上心頭時，Doris 就會撥通那個熟悉的號碼，向她的粉紅天使傾訴心聲。粉紅天使溫暖的慰藉與正能量，彷彿是一劑良藥，讓 Doris 在治療的道路上更加堅定。

看見 Doris 現在洋溢著幸福快樂的笑容，粉紅天使不禁回憶起她患病的點滴。Doris 是一個普通的文職行政人員，與父母同住，過著平靜的生活。平時沒有作身體檢查的習慣，家族也沒有患癌的歷史。然而，命運的捉弄，讓她在 48 歲那年右邊乳房出現硬塊，打破了她原本的生活。摸到硬塊時，Doris 心中覺得奇怪，於是第一時間找相熟的普通科醫生查看，醫生同日轉介乳房外科醫生。外科醫生立即安排做乳房 X 光造影，又進行了抽粗幼針。數日後報告證實是乳癌，面對這突如其來的噩耗，Doris 感到震驚及慌亂，擔心是否可以醫得好？

　　最令 Doris 難以接受的是——手術須切除右邊整個乳房和腋下淋巴，左邊有鈣化位置亦須抽走。然而，在醫生的建議和粉紅天使的鼓勵下，她終於決定勇敢面對，選擇了乳房切除並同時進行重建的手術。手術後的她，雖然身體遭受了重創，但心靈卻變得更加堅強。

　　Doris 向公司請了病假，由於私家醫生收費與公立醫院差別很大，Doris 本安排在公立醫院進行治療，可惜排期需時兩個月，才有機會第一次與醫生見面，而重建手術亦未必能跟切除手術同時進行，幸好 Doris 有保險安排，可以選擇私家醫院進行手術。於是 8 月 15 日，外科醫生和整形醫生同步進行了切除和重建手術。

　　患病初時，Doris 對乳癌不認識也不瞭解，感到十分焦慮。粉紅色天使在收到醫生轉介的當晚，便立即主動聯絡了 Doris，為她解答很多抗癌路上將會遇到的疑問，紓解了她的憂慮，又專為她配對數位年齡相約、期數相同的粉紅天使義工，特為她設立了一個線上 WhatsApp 支援群組，讓她無論在任何時間，也可有粉紅天使陪伴。其實每位剛確診的姊妹來說，心中均有很多疑惑和不

安，過來人的分享，可以令病友感到在抗癌路上，原來是有希望和曙光的。

手術後的化驗結果，Doris 癌細胞是屬於三期 HER 2 陽性，由於已擴散至淋巴，必須繼續接受化療、雙標靶治療及電療。保險已不能再支付這些費用，Doris 只能轉往公營的屯門醫院繼續療程。需要的雙標靶藥物均是自付藥物，其中一種藥便已超過 \$25萬，曾嘗試申請關愛基金，也只能獲數萬元資助；另外一種標靶藥則需要 \$60 多萬，而且更沒有任何資助。對於一個普通人來說，在負擔不起的情況下，Doris 最後決定只打第一種標靶藥。

整個治療過程雖然艱辛，慶幸有粉紅天使的支援小組一直陪伴和鼓勵，貼心的關愛，令 Doris 感到很溫暖。每星期的「粉紅聊天室」，亦令 Doris 認識更多同路人，知道自己並不孤單，而且瞭解更多如何面對治療上的不適，更重要，是能預知將會面對的困難，所以整體來說，尚算順利地完成整個療程。

在康復的路上，Doris 也面臨著心理和情緒的挑戰。她選擇辭去原本的工作，給自己時間調整身心狀態。她相信只有真正健康了，才能更好地為社會作出貢獻。如今的 Doris 臉上洋溢著幸福笑容，她的生活充滿了陽光和希望。她以自己的經歷告訴我們：無論生活多麼艱難，只要勇敢面對及積極向前，一定能夠戰勝一切。因為曾獲粉紅天使幫助，所以 Doris 癒後亦投身粉紅天使義工行列，支援其他新病友，幫助大家能順利渡過難關。現在，粉紅天使又多了一位新力軍，為下一位「病友」的康復提供愛心力量。

三腳老友記
站起來

粉紅檔案配對 （ 4 ）

粉紅天使D	乳癌2期，接受了4次化療。是資深及體力良好的乳癌康復者。
服務對象	70多歲張婆婆，乳癌2期，須進行4次化療，有一名兒子。行路要用拐杖協助，怕完成化療後體力不支，致電「粉紅熱線」求助。

2017 年 10 月 25 日，晴。

　　70 多歲的張婆婆確診乳癌後，很快便接受了手術，醫生建議她做 4 次化療。張婆婆聽了病理報告後，仍弄不清自己是屬於乳癌 1 期還是 2 期，更不明白為甚麼要做化療。

　　張婆婆與兒子住在沙田區，兒子因工作關係早出晚歸，沒法陪同年老的母親前往醫院，加上她出入需要用拐杖協助，還有其他問題如：年事已高、身體恐怕不能應付化療後的副作用、化療完畢後，未必有體力獨自回家，以及治療期間起居飲食等問題，幸好張婆婆的一位好朋友知悉情況後，把「粉紅天使乳癌化療陪診服務」的宣傳單張給她，鼓勵她致電「粉紅熱線」求助。

　　然而，張婆婆在接觸我們之前，經歷了一番「掙扎」。她收到單張時並沒立刻致電，同時質疑單張上的「免費服務」是幌子，怕墮入騙局。

　　當化療的日子愈來愈接近，愈見擔心的張婆婆，最後一刻才致電查詢。當時，我剛巧是接電話的義工，她第一句便問道：

　　「這個服務是不是免費的？」

　　不消一刻，又再追問道：

　　「每次陪診收費多少？要支付義工的午餐費用嗎？提供陪診化療，護送我回家，卻分文不收，這個世界，怎會有這般好的事呢？」

　　聽着她連環追問，我耐心地解釋道：

　　「婆婆，您好，這項服務是完全免費的，『粉紅天使』義工服務團隊由一群乳癌康復者組成，以同路人身份，支援、幫助及

協助正在化療，或即將接受化療的乳癌病友。而現在和您談話的我，同樣是過來人呢！」我慢慢地向張婆婆解釋。電話那另一頭傳來不斷的「哦」、「哦」聲，感覺像如釋重負。

「我已經做了手術，但要做 4 次化療，實在感到恐懼，我不知道哪些食物可以吃，哪些不可以，天天吃白焓蔬菜，好辛苦啊！身邊因為太多朋友給不同意見，我也不知聽誰的版本最好，根本無從入手，不懂選擇。」

這是一條熟悉的問題，成為「粉紅天使」後的我，大概回答了數十次。這一次，我一如以往地耐心地為張婆婆解答。

「化療期間必須正常飲食，多吸收蛋白質，不用戒口，放心，牛肉、雞肉也可以進食，只要去掉雞皮和脂肪便可以了。」

張婆婆聽後滿心歡喜，連番回以謝謝，甚是有禮親切，有別於一開始的焦急語氣。之後我也補充道，化療當天在「威院」會面，化療完畢後會護送她回家，整個過程都是免費的，張婆婆聞言後很激動，感到人間有愛，於是又再次感謝。

很快，到了陪診當日。眼前的張婆婆行動不便，需要以拐杖支撐着身體，一步一步地前行，速度很緩慢。事實上，接受化療後，副作用令張婆婆非常虛弱，就連乘坐交通工具回家途中也累得睡着了。

化療對這位差不多半獨居的長者來說，困難多不勝數，若非同路人，未必能理解、感同身受。化療後首一星期，婆婆疲累不堪，整天躺在床上休息。過了一星期，她的體力才慢慢回復過來。

　　這一次，我陪伴張婆婆接受化療，完成療程後，我扶着她由日間化療中心走到大堂。突然，她整個身子趨前，瞬息間來不及反應，我已即時遞起手，把她緊緊扶起，幸好有這一「扶」，避免了張婆婆雙腳突然發軟的一「跌」。

　　「啊！幸好有您在身旁拉着我，不然我就會跌倒，受傷了，老骨頭都散！是您救了我一命啊！謝謝啊。」張婆婆重新站好後仍然驚魂未定，連番拍着我的手，不斷説多謝。

　　有了剛才的「小意外」，我護送張婆婆回家時，顯得份外留神。安全護送她到住所大堂時，張婆婆忽然遞上 20 元給我：

　　「您們的服務不收費，已減輕了我的經濟負擔，這少少的車資我能應付，請您收下，算是我點點心意吧！」看着她的舉動，我真的不知如何回應，最後我婉拒了她的好意，並向她解説「義工守則」——陪伴病友，不能接受金錢和禮物的回饋。語畢我希望張婆婆明白當中的心意，眼前的她聽後帶點激動，而且講不出説話。

　　不消一刻，聯盟總部便收到張婆婆的來電：「假如不是天使D，我已肯定會跌倒，此刻躺在醫院裏的，會是我啊，多謝您們的安排，真的多謝啊！」説着説着，她語氣漸趨激動，而留守在總部的義工們，也因聽到張婆婆的陳述而感激得流下了眼淚，兩人久久不能説話。

　　或許我們拉着的，不只是一只手，還有的，是每一顆充滿愛的心。

年輕媽媽
「為兩餐」堅強

粉紅檔案配對 （5）

粉紅天使 E	曾是乳癌 3 期，服務對象為年輕媽媽，確診時兒子正讀小學，本來體質僅一般，完成治療後學習行山，成為行長途山高手。
服務對象	Amy，乳癌 3 期，年輕在職媽媽，有一對年幼子女，擔心病情令自己失去工作。

2017 年 5 月 16 日，陰。

　　Amy 確診乳癌時很年輕，是一位在職媽媽，初時，我們總是「錯」過了對方。

　　Amy 致電「粉紅熱線」求助時，留下了聯絡電話，我多次回電均未能聯絡上。原來，她白天要上班，不方便接聽私人電話；晚上嘗試再找她，她則要照顧兩名年幼的子女，無暇接聽。

　　「錯」過了但不放棄，在我鍥而不捨的努力之下，終於──電話成功接通了。

　　「化療期間可以上班嗎？」

　　Amy 第一句便問，她說正趕往威爾斯親王醫院覆診。

　　「我不能讓公司知道自己有乳癌，我很難才能晉升至現時的職位，害怕自己的病情影響工作，萬一……萬一被革職了怎麼辦？我好怕！我真的好怕！」電話另一邊的她，一邊急步一邊喘氣，語氣盡是恐懼與不安，最後更忍不住放聲嚎哭。

　　「Amy，您已到了醫院，待看了醫生後我們再慢慢聊好嗎？」我勸導着。

　　一個上午過去了，我們再次「連線」，這一次，Amy 有備而來，緩緩地把抑壓心中多時的擔憂及困難一一訴說：

　　「我確診乳癌 3 期，害怕很快離開這個世界。」

　　「如果我有不測，我那一對 1 歲和 3 歲多的年幼子女如何是好？」

「我害怕因患病而失去工作，就算日後康復了，身體亦會虛弱，是否不能上班？我是否要在家休息？不能工作！？」

對 Amy 來説，這 3 件大事壓得她透不過氣來。

「首先，您不是單打獨鬥，因為我跟您都是乳癌 3 期的同路人，我身邊有很多和 Amy 您一樣確診乳癌 3 期的姊妹，她們都能捱過去，康復後還可重返職場！有些姊妹呢，在化療後休息兩個星期，待副作用過後便可上班，這些例子多不勝數，日後我可和您多分享如何處理副作用，化療不是您想像般可怕，一定可以捱過，然後重投社會工作。這一刻，請先放下家庭及工作，先專心完成化療，我會陪伴及支持您，一起同行。」當下，我盼望自己的説話，可減輕 Amy 的憂慮。

我們相約了第 1 次「開針」的時候見面。一般而言，需要化療的姊妹，大多會提早 30 分鐘到達醫院。而當天，Amy 要先送小孩上學，延誤了 20 分鐘才到達。

護士即時為她量度血壓，但發現血壓頗高，故需要休息半小時後再量度。眼見 Amy 有些緊張，我着她閉上眼睛休息一下，講述當年自己接受化療時的情況，讓她放鬆下來。

「我年紀應該比您大一些，我和您一樣是在職『癌』媽媽，同樣擔心治療後體力大不如前，不能回到工作崗位。後來，我一一克服了。」這時 Amy 略略睜大了眼睛，眼中滿滿是好奇及驚訝。

「本來我的體質僅一般，完成治療後開始學習行山，經過半年多的努力，算是漸入佳境，朋友笑我現在是行長途山的高手呢！」我說着。

「真的很厲害！我亦想如您般勇敢、堅強面對！」就這樣，在陪診數小時中，我們無所不談，滔滔不絕。Amy 更笑稱要視我為偶像，向我學習：「謝謝您的分享，我增加了一些信心！我不會被困難絆倒的！」

化療後，Amy 有不少副作用如：嘔吐、頭暈、四肢乏力和胃口不佳等，如她所言一定要勇敢面對，休息了一星期，待副作用過後，她便在第二個星期如常上班。她憂慮請假太頻繁而被公司解僱，故此每一次化療後，Amy 只休息一週，以意志力撐起半邊天。

往後的化療如常進行，除了陪診、我還會透過電話、WhatsApp 問候及支援她。看着 Amy 漸漸轉憂為喜，心裏甚是欣慰。

Amy「例遲」一事，亦成為了我與她之間的笑點。

「您每次趕到醫院時也是滿頭大汗氣喘如牛的，如果不知內情，還以為您是一位跑手，正在練習跑步呢！親愛的，不要趕得那麼辛苦，可以慢一點來，醫院不會關門，既然已經約好了，護士必會等您。」我打趣說。

聽到這裏，Amy 便開始大笑！可能因為性格樂觀，每遇到困難，只要安撫一會，她便能放下。

曾經有一次，Amy 出現白血球數量不足的問題，需要延遲治療一週。聽到這消息，她大為緊張，立刻致電求救。

　　「您已經很厲害的了，一邊化療、一邊繼續上班，有這樣的『賽果』絕對可以『收貨』，您知嗎？有些同路人天天在家少吃多餐，也會出現白血球不足的問題，同樣也會『留班』一個星期呢！」我連忙安慰。

　　「是真的嗎？」Amy 聽後仍有點懷疑。

　　「您沒有那麼大的魅力，要我為您説謊呢！」隨後 Amy 放聲大笑。她其實是愛笑的女士，小小事情也可以逗她開心。

　　至今，Amy 已康復了兩年多。我曾經問她，面對 8 次辛苦的化療動力來自哪裏？

　　她的答案令我捧腹大笑：「頂硬上，為兩餐。」再補充：「有您的支持，沿途為我加油補給，8 次化療過程，竟然風雨不改地陪伴，這亦是我無限的動力。」

　　我們由素不相識到現在建立信任，Amy 樂意把心中的「苦」細細告知，而我亦樂意為她分擔。

　　大概因為她性格樂觀，每每遇到困難或不安，即使康復了，她仍然會主動聯絡我，吐心聲然後吸收正能量後，便會開心地繼續她的「為兩餐」飯碗生涯。

　　看着她的笑容，想起了以往我也曾經經歷的一點一滴，Amy 加油啊，我又要啟程，為下一位「Amy」繼續加油！

知多一點點

在職「癌」媽媽有不可想像的力量：

為了子女，她們忘了化療的痛苦；

為了家庭，她們快速休息後工作；

為了生活，她們非比尋常地勇敢，

經歷乳癌，各種治療「折磨」，吃了不少苦頭。過來人明白，這樣絕不容易，但 Amy 做到了，相信您也能做到。

乳健知識

乳癌在香港普遍嗎？

乳癌是香港女性 10 大癌症的第一位，自 1993 年起，已成為香港女性的頭號癌症。根據「香港癌症資料統計中心」2021 年資料顯示，新症共有 5,565 宗，按每 10 萬女性人口計算的粗發病率為 138.1，女性乳癌的粗死亡率為 19.8 人，佔女性癌症的 28.5%。在過去十年中，新症宗數增幅第二大是乳癌，增加了近 63%。

過去十年期間，癌症死亡人數平均按年增長 1.3%，升幅最大的三個致病癌症為：胰臟癌（+75.0%）、乳腺癌（+43.5%）和大腸癌（+20.7%）。於 2022 年，共有 792 名女性死於乳癌，佔女性癌症死亡人數的 12.5%。

雖然大部分乳癌個案發生在 45 歲以上的女性身上，但近年，年輕患者的個案有所增加，最年輕的患者不足 20 歲。

*資料由「醫院管理局香港癌症資料統計中心」2023 年 10 月提供

聆聽，
是最好的良藥

粉紅檔案配對 ⑥

粉紅天使 F | 康復了一段日子。

服務對象 | Connie，乳癌 2 期，須接受 4 次化療。丈夫患了腸癌，對於自己患病而未能照顧丈夫，而感到自責難過。化療副作用不算多，會骨痛及睡眠質素欠佳，其中一次白血球數量不足，要延遲化療一星期。

2018 年 4 月，多雲。

陪同子林接受第一次化療的時候，在醫院分別認識了志娟和 Connie。志娟是位非常正面、積極，而且心態樂觀的同路人，完成了 4 次化療後副作用不算多，對她來説，辛苦程度可以接受。但坐在另一旁的 Connie 卻不一樣，還記得，當我和志娟在談話時，她的身體不停稍稍傾前，有意無意地偷聽我倆的對話，最後，她終於忍不住注視着我們，看着她空洞和疑惑的眼神，我先開腔了。

「您好啊，是乳癌科的姊妹嗎？」

「嗯。」她點頭回應。

原來，今天是她第 1 次化療。

其後，我介紹了自己，表示了與子林同行的原因。Connie 耷拉着頭，若有所思，良久，她問：「可以給我義工的聯絡電話嗎？」於是我們交換了電話號碼，Connie 沒再問下去。在我們告別的時候，知道她只接受 4 次化療，病情並不算嚴重，但她那眉頭深鎖的樣子，表露無遺，一直縈繞在我心中。

當晚，腦海中一直想着 Connie，等着她的來電。然而，一晚過去，電話未有響起。第 2 天早上，我主動接觸她。

「Connie 您好，昨晚睡眠質素好嗎？」我未有直接問她的治療狀況，由最貼身的身體狀況問起。

「謝謝關心，我睡眠質素很差，心情也不太好。」

當再問她有甚麼心事之時，Connie 只是説不舒服、提不起精神，並不想細説。接下的來的數天，我如常致電，她仍是一貫簡

短的回覆，並沒有把內心的憂慮訴說出來。但在多日言談之間，知悉她對乳癌和化療的知識貧乏，於是我建議她參加活動中心一個分享活動——「粉紅聊天室」。席中，可與其他同路人傾談交流，至少可以減低孤單感，可惜 Connie 以住所路程太遙遠為由，拒絕了我的邀請。

本以為，與 Connie 的接觸只限於此，但巧合地，我們又在同一時段相遇。那次，她在第 2 次化療的前一天看醫生，而我在陪伴另一病友，在等候區再遇上她。待病友進了化療室，我坐到她旁邊，陪伴着她。

「您康復了多久，康復後體質有變差嗎？」Connie 看着我，緩緩吐出問題。

「康復了一段日子了，身體沒有變差，一切良好。您呢？第 1 次化療是否好辛苦？」

「首數天有點骨痛、睡眠不好、人有點煩躁，但總括來説，還不算太辛苦。」她點一點頭，欲言又止。我們的對話很快地結束了。

第 3 天，我陪同子林前往化療，到達醫院後，很快便找到 Connie 的身影。縱使她戴着口罩，仍難掩臉上的憔悴。

「啊，怎麼又遇上您們了？」Connie 瞪大了眼睛，驚嘆。

「對，志娟今天需要化療。您還好嗎？完成後一起回家嗎？」當時有另一位義工協助子林。

Connie 開始感覺到我們的關心，長期孤軍作戰，突然有點暖流直入心扉，感動之情，就在此時，她開腔道：「謝謝您三番四次

地問候我，我⋯⋯我⋯⋯」突然，她身體抖動，然後崩潰痛哭起來。

我在旁靜靜輕拍她的背部，拉着她的手，嘗試安撫她。

「我真的好煩惱，好辛苦，自己有病，丈夫又有病，兩個病人同一屋簷下，愁苦相對，實在很難受！」此刻，Connie 痛哭着，心中鬱結傾盆而出。

原來，Connie 的丈夫患了腸癌，在她接受第 1 次化療當天，丈夫進行大手術，入了深切治療部，難怪那天的她如此憂心、心事重重。

「我的丈夫正在北區醫院就醫，自己化療後身體不適，又不能照顧他，我覺得自己很沒用⋯⋯」Connie 不斷自責，我在旁，感受到她的難過。

「不用自責，沒有人會想這些事情發生的。丈夫那邊可以待自己身體狀況好些再幫忙照料，如真的有需要，我們可以看看有沒有甚麼辦法可以解決。」我拍拍 Connie 的肩膀，給她一點支持。始終，三言兩語未必可把她積存心中已久的鬱結打開。

「嗯，謝謝您的相伴，原來我不是自己孤單作戰。」慢慢地，Connie 平靜下來，抹去了眼淚。

那一次，原來是 Connie 第 1 次與他人分享心中憂慮，而逐漸地，我成為了她一位可分享秘密的朋友。每逢線上聊天或陪診服務，Connie 都會把心中的煩惱、丈夫的最新消息與我分享。雖然我幫不了大忙，但以聆聽者身份，為她減輕一點壓力和不安，對同路人來說，有時，比起任何協助來得更實際呢！

「玻璃骨」兒子之母
積極面對

粉紅檔案配對	⑦

粉紅天使G	資歷較深、經驗豐富、懂得應變

服務對象	花花，40多歲，患HER 2型乳癌。除了手術，還需要接受化療和標靶治療，有情緒病病史，需要服食精神科藥物，記性不太好。

2017 年 7 月，晴。

花花，40 多歲，是一位比較「特別」的服務對象。特別在於，她本身除了患上乳癌外，還是一位精神病康復者、一位「玻璃骨」兒子的母親，還有，是一位年老先生的妻子。

花花患的是 HER 2 型乳癌，除了要進行手術外，還需要接受化療和標靶治療。

在過去 5 年，同期還要服用精神科藥物以控制不安情緒，現時情況已有所改善。她說，情況最壞的時候，是看見報紙上刊登了有關自殺的新聞時，她會萌生相同的念頭，繼而會想做傻事，幸好每次都「臨崖勒馬」，否則後果不堪設想。

家中有年老的丈夫和 18 歲的兒子，後者因為有「玻璃骨」症狀，故須以輪椅代步。花花有宗教信仰，而我們的「粉紅天使」宣傳單張，便是教會朋友轉交給她的。她看後立即致電「粉紅熱線」，而我倆第 1 次的傾談，便足足談兩個多小時，聆聽着她「不愉快」的人生，我好像在拜讀一本峰迴路轉，有如過山車橋段的微型小說。

由於情況特殊，加上花花性格倔強，且有個人主見，我在處理她的個案時須額外謹慎，一方面要循循善誘，好讓花花知道，乳癌化療並不如想像般辛苦；另一方面，也要付出更多的耐性和時間，與她建立互信關係。

初期，花花極度抗拒化療，於是義工主任特意為她安排了一次聚會。我與多位經驗豐富，心理質素良好，以及曾經處理過情緒困難的「粉紅天使」們，一起與花花見面。讓她感受到希望，這一次我們安排了：年紀比她大的病友、獨居的同路人，以及曾

接受標靶治療，現已康復多年的姊妹們，希望藉此減輕她對化療的恐懼。

這次聚會後，花花漸漸接受了需要接受化療的事實，同時也感受到這些與她無親無故的「粉紅天使」們，對她的真誠、關心和支持。

可惜，化療過程並不太順利，進行了第 1 次化療後，花花在烹飪晚餐時不小心被罐頭刀弄傷了手，過來人知道，受了傷便得萬般小心，始終化療期間抵抗力變弱，我建議她盡快就醫，看看是否需要打破傷風針；其後，接受第 2 針化療藥物後，體溫突急升至攝氏 38 度，於是我又請她盡快前往瑪嘉烈醫院急症室求診，最後醫生檢查後，發現她是白血球過低，故又需要留院觀察，並注射抗生素針藥。

在花花住院期間，兒子前來探望，二人的相處模式比較特別，一見面就會吵架，您一言，我一語，言語中略帶火藥味，我目睹了一切，只能隔岸觀火。

「叫您不用再來啊，不用擔心我！」花花張大嗓子喊話。

「放心，我只會留一會兒，很快便離開。」兒子不甘示弱，把輪椅推到媽媽的床邊。原來他口中「很快」的意思，是待探病時間過了，醫護人員開腔說要離開時，他才不情不願般和我慢慢離開，此時，花花亦不忘笑着「責怪」他，說他阻礙護士的工作進度。

「您倆母子的溝通模式真的很特別，罵者原來真的愛也。事實上感情非常要好吧！」看在眼裏的我，忍不住說。

「哈，G看出來了。兒子其實很乖很孝順。他知道我確診乳癌後，便上網搜集有關的資料給我，當時我已準備接受化療，故只有仔細看了醫生給我的副作用清單，反而他給我的資訊，我倒卻沒有認真看過。」

「您留院期間，他坐在自己的輪椅車上，在病房來來回回，一時為您加熱水，一時問您狀況如何，很是關心您呢！」倆母子都口硬心軟，其實卻很愛對方。

「我是知道的，他不單止在網上搜集化療的副作用，還透過電郵詢問醫生有關我的病情，又代我追問醫生需要標靶治療的原因，以及化療是否會有危險……等等，甚麼也問得一清二楚。他所做的這一切，雖然沒有告訴我，但我都一一看在眼內。」花花一臉欣慰。

花花曾經不止一次提及──兒子是她的一切，是她的命根，為了能看見他大學畢業，她要積極面對所有治療，過程中不怕辛苦亦不會放棄。

在化療過程中，花花出現骨痛情況，故有時會舉步維艱，但她依然堅持買菜並下廚煮飯，她說如果沒有足夠的營養，就沒法應付下一次療程，同時亦考慮家中父子的健康，不想他們每天吃外賣飯盒……云云，口裏總是嘮嘮叨叨，但我深深感受到身為母親的花花，那份難以宣於口的愛，或許是舊式人吧，總是愛在心裏口難開。

由於長期服食精神科藥物關係，花花的記性很差，很容易便忘記事情，於是對着她，我總是變得特別「長氣」：「記得到醫院抽血和見醫生啊！」、「下次化療時間是何時？我們要預約下次陪

診見面的時間啊！」、「您白血球數量不足，要多進食高蛋白質的食物和飲營養奶，補充身體所需」……，有時，問過的問題花花轉頭又會再次忘記，於是過一會兒又會重複再問，對我來說，這些都不要緊，重要的最多提醒幾次便是。但情緒容易波動，倒是我在看顧花花時的一大挑戰。

情緒病的朋友很多時都有這種情況，很微不足道的小事，卻會令她如坐針氈，不知如何面對。對我來說，只能多聆聽，然後給她多鼓勵，讓她放鬆下來。由於她個性比較固執，很容易便會與丈夫在言語上產生衝突，有一次，她與丈夫吵架了，連夜致電給我訴苦，最後我倆聊了一整個晚上。後來，心裏那團火滅了，她自己又會主動和解了。

「和 G 聊一聊，情緒降溫得特別快！」花花笑説，她總是把功勞歸於我。

「心情不佳的時候可以做運動，或到公園散步，呼吸一下新鮮空氣，不要低估做運動的好處，它可以令您心身舒暢。」漸漸地，或許是耳濡目染的影響，花花的情緒平穩多了，而倔強的性格，竟然慢慢地變得祥和。有時給她勸導及建議時，以前會拒絕、沒耐性，甚至否定我們的提議；但現在呢，不但會點頭示意贊成，還會接受和同意我們的想法，她的改變，令我感到很恩惠。後來在化療期間，她已變得事無大小，均會向我匯報，與我緊密聯絡，我們成了最知心的朋友。

完成了化療療程，花花緊接進行標靶治療，最後更順利完成了所有療程。作為「粉紅天使」，最感到鼓舞的，莫過於同路人成功踏上康復路。此刻，想對花花説一聲：

「您的努力沒有白費,繼續加油啊!我很高興能夠成為您最信賴的朋友。」

是的,您的康復,是我最大的鼓舞。

知多一點點

乳癌病友如有情緒困擾,不用怕,您

1. 有同路人的鼓勵、關心和支持
2. 按時服食藥物
3. 定期覆診
4. 尋求專業意見

同樣可以戰勝一切!

乳健知識

哪些是乳癌常見的症狀?

- 乳房出現硬塊

- 乳頭出血或有分泌物

- 乳房的大小、形狀有改變

- 乳房皮膚或乳頭出現病變(例如:變厚、變紅、膚色變深、內陷或起皺如「橙皮」)

- 乳頭搔癢、疼痛或出現皮疹

- 腋下有硬塊

無懼病魔
獨居婆婆自力更生

粉紅檔案配對　(8)

粉紅天使 H　乳癌 3 期，曾做 8 次化療。

服務對象　65 歲平姐，乳癌 3 期。獨居，要接受 8 次化療，在完成第 3 次化療後，有一次感到暈眩，於是向「粉紅天使」求助。

2017 年 1 月，晴。

65 歲的平姐，獨居，年屆退休之齡，但仍從事保安工作。她確診乳癌時已達 3 期，獨自一人完成了 3 次化療，有一次在回家路上感到暈眩，才意識到需要尋求援助。

面對餘下的 5 次化療，她束手無策，而且想放棄，幸得我們其中一位同路人介紹，她才得知有陪診服務。像其他病友般，平姐求助時最關心的是收費問題。我再三解說這個服務是免費的，她才釋疑。其後，我們相約了見面時間。

見面的前一天，我突然收到平姐的來電。

「H，我不想再做化療了，副作用真的令我很辛苦，我想放棄。」電話另一邊傳來平姐無力的聲線。

「平姐，您已經很勇敢完成了 3 次化療，現在只須多走 5 步，便可以成功跨過了。不要想太多，也不要令自己憂慮，這樣會導致睡眠質素不好，而且心情又沉重。」我開解着她。

談話中得知，患病前的平姐，乳癌知識貧乏，與大多數同年齡的女士般，不相信乳癌會發生在自己身上，即使感到乳房有點不尋常，仍沒有意識求醫，突如其來確診乳癌，只感晴天霹靂。幸好經過好言相勸後，平姐願意讓我陪伴她接受治療。化療當天，見她身形偏瘦，臉色不太好，甚為憂心，在護送她回家的路上，平姐亦甚少說話。

化療後我致電平姐，慰問她的頭暈情況：「平姐，身體可好？」

「H，您好，今天有點頭暈，所以沒有外出吃飯。」

「噢，那家中雪櫃可有甚麼食材呢？煮一點來吃吧！」

「嗯……只有一隻鹹蛋和一根節瓜。」

我靜了片刻，才懂得回應道：「那不如煮一道鹹蛋節瓜湯，加點米粉，那樣才夠營養。」

電話掛起，我有種說不出的失落和傷感，思量着如何解決一位長者急切的送飯服務。我們窮一生努力，只為了兩餐溫飽。如今，患病的老人家卻要在憂心自己的病況外，還要苦惱自己的三餐膳食，是何其的無奈。細問之下才知道，原來平姐日常主要依靠教會的姊妹們送餐，其餘時間她會自購焗豬排飯分開吃，中午吃一半，然後晚餐吃完餘下的，由於化療後感頭暈，故不能外出，唯有雪櫃有甚麼便吃甚麼，得悉平姐申請送飯服務多時，奈何一直沒有音訊，於是我決定從這方向入手，看看哪裏出了問題。

到了下一次化療日，我和平姐提早抵達醫院，向腫瘤科護士查詢有關送飯服務的申請。幸好遇上了位善心的護士，在她細查及瞭解後，發現原來申請信件被錯投部門所致，怪不得送飯服務一直沒有消息。經過瞭解後，我們重新處理，最終三餐不再是平姐的困擾，每天更有專人把飯菜送到她家中。

有了足夠的膳食提供，營養足夠了，平姐的頭暈情況逐漸減少，而人也變得快樂起來，原來吃得好，確實很重要。後來，平姐每每提起這件事，總是不停地致謝：「H，多謝您幫我解決了送飯問題，不然我每天仍然苦惱吃甚麼呢！」

平姐知慳識儉，知道我們每位義工每次出錢又出力護送她回家，感到不好意思，於是常勸我們不要出港鐵閘口，這樣下來應可省下一程車資，知道她的好意，但身為「粉紅天使」，職責是要

讓她平平安安回家，所以堅持護送她回屋苑大堂，而每次送她回家後，她總是依依不捨地目送我們離開。

到了最後兩次化療時，平姐開始較平日吃力，總覺得疲倦、頭暈及苦悶。我隨即增加了與她通電話的時間，替她解解悶。獨居無伴，或許也是平姐苦悶的主因。

「我有心有力，痊癒後希望可天天上班工作。」

「平姐很喜歡上班嗎？」

「是啊，因為我工作大廈的住客對我非常好，大家有說有笑，只是簡單一句『早晨』，一天不知說了多少遍。住客又慷慨，過年會給我利是，逢中秋佳節又送我月餅。」平姐滿足道。大家說着笑着，開開心心的又過一天。

「平日可到公園散步鍛煉身體，將來上班要『巡樓』，必須有氣有力才行啊。有時間便多出去走走，欣賞公園的花花草草，不要只留在家，知道嗎？」我為平姐加點力度，她也聽從我的意見往公園或海濱長廊散步，效果超級不錯呢！

平姐雖然年事已高，但仍希望自給自足，實在令人佩服。但願一切如平姐所想——休息數月後重投社會，繼續自己喜歡的工作。

血小板低但情商超高
的漂亮美女

粉紅檔案配對 9

粉紅天使I 乳癌 2 期，做了重建乳房手術，冷靜；有愛心。

服務對象 Maggie，年約 30 歲，父母雙亡，沒有兄弟姊妹和親友，男朋友是她唯一的親人。先天性血小板偏低，不幸患上乳癌 3 期，須接受 8 針化療藥物。

2017 年 11 月，晴。

　　病魔不會理會您是甚麼年齡，也不會理會您是甚麼身份，要選上您時，樂觀面對才是最佳良方。我認識的 Maggie，便是當中的表表者。

　　那天她致電「粉紅熱線」時，剛好是我來接聽，猶記得她聲音嬌嗲而且語速甚快，本以為她是代人查詢「粉紅天使乳癌化療陪診服務」，卻原來 30 歲的她，醫生已通知了第 1 次化療日期，我不慌不忙告訴她乳癌的知識和化療的副作用，對此，她甚為感謝。

　　言談間，知道 Maggie 父母雙亡，沒有兄弟姊妹和親友，所以男朋友就是她唯一的寄託，可惜男友由於工作關係，經常不在香港，故此她只能獨個兒前往醫院接受化療，她說與醫生見面後，知悉她先天性血小板偏低，故此化療期間只能打三成藥物，對於自己的病情，她滔滔不絕說個沒完沒了，差點沒機會讓我逐一回應，而她，也像訴說着別人的故事般，個性率直，而又帶點可愛。

　　首次見面，是陪伴她去覆診，沒想過 Maggie 原來長得這樣漂亮，身高約 5 尺 7 寸，皮膚白皙，配合她高挑的身形，打扮時尚。對於自己的病情、用藥後出現的副作用，以及自己將出現的問題均非常清楚，她連完成化療後，乳房重建手術也準備好了，她說要令自己更加漂亮，這妹子樂觀的性格，實在很容易感染身邊人。

　　「您們是倆母女嗎？」醫生眼見我們態度親暱，而且言談甚歡。

聽到醫生這樣說，我倆忍俊不禁，我才 40 多歲啊！不過如能有幸生了一個既漂亮又可愛的「女兒」，也算不枉此生啊！是的，我們真的很投緣，第 1 次和她正式通電話，一聊便聊了兩個多小時，差點連午飯也忘了吃。由於她經常進出醫院，對伊利沙伯醫院（伊院）已非常熟悉，不知是否說話可愛又懂得哄人，連帶院內的醫生和護士，也對她多了一份寵愛。

跟她相處較多後，發現她是位百分百心理影響生理的女孩，所以每當提及副作用等較為負面的情況時，均要特別小心處理，因為很容易觸動她的神經，就好像藥劑的分量，其實醫生說的是要打化療分量的七成，而她希望聽到的卻是三成，所以誤以為是真。

化療第 1 針的前一個星期，收到 Maggie 的電話，她告知晚上下班回家時，在經過彌敦道時，由於有位乞丐在路旁睡覺，發出陣陣臭味，故為躲避他時一不小心，眼部竟然撞上電燈柱，冒失的她當時還不察覺，直至到家後，樓下的士多老闆見狀追問她為何眼睛流血？她才施施然摸一下眼睛，看到手有鮮血，才急急忙忙跑往伊院並縫了兩針，就是這樣，化療須延遲一星期才可開始。我聽後有點為她心痛，柔弱女子一個人生活，總是不懂愛惜自己，自此以後，我每天都與她聯絡。

第 1 次接受化療後驗血，Maggie 的白血球跌至 0.5 度，血小板只有 52 度，幸好紅血球尚算正常，小妹子還自鳴得意地說醫護人員稱讚她臉色不錯，只是比以往蒼白一點，看她露出得意的表情，真的讓人心動。

第 2 次化療後，Maggie 出現牙痛，但她依然樂觀面對，認為不是大問題，只要改吃軟一點的食物便可以解決，她勝在年輕力壯，精力充沛，最重要，當然還有她樂觀的態度。

對於吃，她也有自己的一套理論，她笑着跟我解釋道，由於要提升白血球，故這陣子特別多吃肉類，所以經常光顧吉Ⅹ家、麥Ⅹ勞，還沾沾自喜覺得自己做得很正確。看見她懂得自得其樂，未嘗不是一件好事。

進行第 3 次化療時，Maggie 又不小心跌倒，撞傷了手臂和大腿，我擔心不已，但她還懂得安慰我道：「沒有流血呢，放心！」

我「肉緊」地叮囑她凡事要小心，因為害怕她再次跌倒，故行路時勸告她要比平日速度更慢，Maggie 見醫生時也提及了手部肌肉疼痛等問題，醫生見狀後解釋告知應因碰撞所致，着她不要擔心。

原來小妹子看起來天不怕地不怕，原來最害怕，竟然是與穿上制服的醫護人員們交手，她的害怕程度，是會令到血壓突然飆升，當醫護人員走開一會兒後，她的血壓便會慢慢回復正常。試過有一次，醫護人員要為她「種痘」，她害怕到肌肉繃緊，最後護士連針也打不進血管，情急之下於是我決定跟她聊天，分散她的注意力，說時遲那時快，她很快便平復下來，對於這種「白袍症」，初時看護還不太瞭解，還請我不要和她談話，但經過多次的陪伴下，醫護人員終於明白我正在協助她，所以後來已沒有阻止我們閒談，還加以讚賞呢！

小妮子年紀輕輕卻遇上此病，我好像比她自己還擔心，或許看着她獨個兒經歷人生種種的不平事吧，放心，只要有我和其他「粉紅天使」在，您在乳癌路上，一定有我們相伴。

高齡婆婆
過三關

粉紅檔案配對 （10）

粉紅天使 J ｜ 曾做化療、電療及手術。有耐性，常常細心照顧長者。

服務對象 ｜ 高婆婆，80歲，乳癌3至4期。化療期的副作用：容易疲倦、
體力不足、手腳麻痺及胃口一般，一度害怕進行手術及電療。

2019 年 8 月，多雲。

　　認識高婆婆的時候，還有 3 個月，她便 80 歲。基於病情需要，醫生建議她每星期進行一次化療，大約 10 至 12 次，讓腫瘤縮小後進行手術，然後再電療 15 次。如是者，我們開始了每週一次的「約會」。

　　高婆婆在伊利沙伯醫院進行化療過程，首兩個星期，我倆只會靜靜坐着，閒時交談數句。

　　雖然是炎熱的夏天，高婆婆仍怕冷，總是有備而來，穿着厚厚棉衣，看着瘦削的她，我每次都向護士取一張被單為她蓋好，以免她着涼。

　　「謝謝，J 姐姐真細心，日間化療中心的空調太冷了！」高婆婆微笑着說。

　　「不客氣，醫院空調一般較冷，您已經很聰明，懂得穿厚衣服。」我回道。完成治療後，我扶着高婆婆前往洗手間，並等候她兒子來接回。

　　化療，對一位高齡的長者來說，可算是超級難關。高婆婆的副作用有：容易疲倦、手腳麻痺、胃口一般和體力不足等，她應付得相當吃力，情況令我掛心。所以，我每個星期會與她通話數次，關心她的身體及飲食狀況等等，聊着聊着最後變閒話家常，後來，無論遇到大小事情，她都會徵詢我的意見。

　　熟絡後，高婆婆往後在醫院看到我，都顯得很雀躍。有一次，她在等候化療時，卻突然傷感起來。

「不知何解，自從有了這個病後，打了針，手腳好麻痺，而且還會甩頭髮，真可怕！」

「高婆婆，那些都是正常的化療副作用，您已經好厲害好乖，戰勝了很多關。」我握緊着她的手，再往她身旁靠一點，希望能給她力量。

「完成化療後，我可以不做手術嗎？」原來，對於手術，高婆婆心中一直抗拒。

當天，我把情況告知了義工主任，安排了一位有內孫及外孫的婆婆，和高婆婆閒談，讓她多瞭解一下手術後身體的狀況以及康復後的進度。然而，她仍然感到猶豫。

「不行啊，我有好多事情不明白，甚麼是引流？我不懂得處理裝血水的膠瓶仔！」高婆婆表示擔心。

於是，針對高婆婆這方面的疑問，我又特意聯絡了另一位義工 JA，她數月前剛完成手術，於是由她一五一十講解類似技術性的問題。最後，高婆婆答允了讓手術進行。

高婆婆的手術在廣華醫院進行，手術翌日，我和義工 JA 前往探望，並給高婆婆示範，如何將引流掛在衣服上，如何倒出引流的血水等程序，然後更你一言，我一語地分享了手術後的飲食。

「多謝兩位來探望我！護士教我回家做運動，您倆又為我重做一次示範！您們一群『粉紅天使』姐姐，每一位都有善心又細心，幸好有您們呢！」高婆婆一如以往，有禮地多番言謝。

「待高婆婆可出院，我們一起來接您回家！」我們三人作了約定。幸而，高婆婆康復得很快，還可提早出院，最後由兒子接回家。

過了化療又完成了手術，最後一關便是電療。高婆婆覆診過後，醫生告知要做電療，她再度拒絕。

「今天，護士給我看了電療的相片，乳房好像燒燶一樣，我年紀大了，不想被電。」高婆婆道出原因。

「電療就像曬太陽般，每次大約 3 分鐘，約 15 日後，皮膚才會出現紅黑的狀態，那圖片中的是電療很多次後情況，不是一電就會變成這樣，而且皮膚最終也會康復的。」我分享了自己的經驗，鼓勵着高婆婆，最後在我們力勸下，她同意接受電療。

2020 年 3 月，高婆婆完成最後一次電療。那時，她致電問我：「我手腳麻痹，生活不方便，獨自外出有點困難，何時才會改善呢？」

「高婆婆，再過一個月，情況會好一點，請繼續加油！」

經歷了化療、手術及電療，實屬不易。希望高婆婆繼續有盼望，不氣餒，開心生活！

知多一點點

- 電療，就像曬太陽一樣，照射部位皮膚變紅、發癢及較乾燥。
- 電療，即是放射治療，利用高能量的輻射線直接破壞癌細胞。
- 電療，作為輔助性治療，有助減低乳癌在傷區局部復發的機會。

4 寶貝之母 Polly
學會與壓力做朋友

粉紅檔案配對 (11)

粉紅天使 K	3 期乳癌康復者，年紀與受助人相近，患病時兒子正讀小學。
服務對象	Polly，年輕媽媽，三陰性三期乳癌。有 4 位小朋友，需工作及照顧家庭，化療令她感到迷惘和憂慮，擔心自己無法看到孩子們長大成材。

2020 年 12 月 6 日，冷。

　　在冷清的星期一早晨，粉紅天使收到腫瘤科醫生轉介一位病友 Polly 讓我們支援。

　　2020 年 11 月初，Polly 無意中觸摸到了自己左側乳房有一小硬塊。兩週後在內分泌科覆診時，Polly 告知醫生有關乳房硬塊一事時，醫生嚴肅的檢查後覺得不尋常，於是便安排她照 X 光造影及超聲波檢查。11 月 21 日的中午，Polly 接到醫院的電話，聽到護士說醫生想早點見她時，她已心知不妙。到了醫院，醫生便告訴她超聲波報告不理想，需要作進一步抽組織作化驗。兩天後，Polly 在先生陪同下聽取抽組織的化驗報告，醫生的話如同冰冷的刀刃，割破了她最後的希望——她確診乳癌。

　　那一刻，Polly 彷彿被抽乾了所有的力氣，面對這突如其來的打擊，Polly 沒有時間去思考和恐懼，腦海中一片空白，完全未能作出任何反應，耳邊只聽到醫生講述療程是如何進行，而在數天後，她便要入院接受正電子掃描及進行切除乳房的手術。

　　當時只有 42 歲的 Polly，是 4 位小朋友的媽媽，有一個需要她照顧的家庭。這場突發的疾病，打亂了她平靜的生活，令她有些不知所措，但她依然強忍著內心的不安，堅強地支撐著，開始忙碌地安排自己入院後家人的生活起居，告訴孩子們校服放在哪裏，又向先生交代日常事務，甚至還要打電話給銀行取消信用卡。

　　然而，當手術完成後躺在醫院的病床上時，Polly 才開始感到恐慌。2.5 釐米的腫瘤、三期的診斷、三陰性的病理結果，以及接下來要接受的 8 次化療和電療……，這些殘酷的現實讓她無法再逃避。她開始在網上搜索關於三陰性乳癌的資料，但那些關於化

療的恐怖描述，讓她感到前所未有的恐懼，腦內不停「虛構」一幕又一幕丈夫與孩子失去自己時傷心的情景，那一刻，她終於無法控制自己的情緒，第一次為此病放聲痛哭了一場。

12月5日，星期日黃昏時分，腫瘤科醫生在病房裏為 Polly 詳細解釋了她的病情，以及後續的治療計劃。醫生還分析了她的病因之一，例如在家庭和工作上均追求完美，給自己帶來了巨大的壓力，同時也無形中給身邊的人帶來了壓力。聽到這些，Polly 再次淚流滿面，這是她第二次哭泣。醫生的分析像是一根刺，穿透了 Polly 心中那個即將爆裂的氣球，讓她看清了自己的問題所在。

除了對自己的問題有了認識，Polly 對乳癌和將要面臨的化療副作用，都因為不瞭解而感到驚恐和迷茫。此時，醫生向 Polly 推薦了全球華人乳癌組織聯盟的「粉紅天使」服務。Polly 一開始並不太願意，因為她習慣了自己主動幫助別人，在她的人生中，很少會接觸社工或義工尋求協助。

但在收到粉紅天使的主動聯繫後，Polly 對生命的態度發生了很大的轉變。她之後告訴粉紅天使，這個電話對她意義重大，不僅幫助她順利地渡過了治療期，更改變了她的人生態度。

粉紅天使在第一次與 Polly 交談中，就感受到 Polly 是個少表達，較含蓄的女士，也看到她對乳癌的憂慮、恐懼和困惑，知道她家中有四個尚在就讀小學的小朋友，大女兒還要準備升中呈分試，替她很是擔心，於是更加鼓勵 Polly 在療程期間，參加逢星期四的「粉紅聊天室」，瞭解化療前的準備，怎樣面對期間可能遇到的副作用……等。在短短數分鐘交談中，已讓 Polly 感受到溫暖和關懷。在聊天室裏，Polly 的孩子們也經常陪伴在側，讓她的情緒逐漸穩定下來。

　　粉紅天使接觸過後，瞭解 Polly 不習慣與他人談論自己的感受，要她與其他病友溝通並不容易。亦發現 Polly 因不適應與人交流，故在第二次「粉紅聊天室」聚會上，便借故找藉口沒來參加。但粉紅天使並沒有放棄，反而細心詢問她的情況，鼓勵她敞開心扉，並多聆聽其他病友的分享。因為大家都是同路人，均在經歷著同樣的難關，故此互相鼓勵和支持尤為重要。

　　通過聊天室的交流和分享，Polly 才意識到自己一直承受著無形的壓力，實際上這些壓力已經影響身體的健康，而身體是最誠實不會説謊的。儘管 Polly 熱愛工作，享受家庭樂，但也正因為太過珍視這兩方面，不自覺地投入太多，這就是她壓力的來源。

　　粉紅天使們深信，無論面對怎樣的困難和挑戰，只要我們積極面對，最後必能克服。所以粉紅天使們，常陪伴在 Polly 的身邊，給予她最堅定的支持和最溫暖的陪伴，在愛與希望的力量下，Polly 定能戰勝病魔，重新擁抱屬於自己的美好生活。

　　Polly 回想起這段經歷時也感慨萬分，她表示正是這些支持和鼓勵，讓她得以順利渡過治療期間的低谷，並重新找回了生活的希望。現在，她每週也會準時參加「粉紅聊天室」，與大家分享自己的情況，並細聽其他病友的經驗和建議，及早準備針對化療副作用的對策，她變得期待每一次的聚會，因為這不僅是一個傾訴和分享的平台，更是一個結識新戰友的機會，彼此互相支持，一起面對疾病和人生的所有挑戰。

　　除了「粉紅聊天室」，粉紅天使又為 Polly 組成了一個線上支援小組，小組內有數位粉紅天使義工，每天也會關心她的情況，不時鼓勵她多吃飯和多運動，又經常分享美食和做運動的照片，藉此鼓勵 Polly 一起參與。Polly 也因此愛上了烹飪，不時會分享自

己做的一些美食照片，這不僅令 Polly 在治療期間胃口大開，還讓她不斷嘗試製作各種美食來滿足自己，補充能量。在粉紅天使不斷的鼓勵和指導下，Polly 開始由一個零運動的人，變成愛上了慢跑的人。粉紅天使成為了 Polly 分享生活點滴的夥伴、面對疾病挑戰的戰友，以及治療期間的最強後盾。

在粉紅天使的陪伴與相知中，為期五個月的化療和電療很快便順利過去。Polly 深感慶幸，這期間並沒有出現嚴重副作用，因每當一些副作用出現時，Polly 便會使用粉紅天使傳授的方法慢慢緩解。Polly 內心很感激這一切，就連她的姐姐也說：「你怎麼這麼能吃啊？」。原本在治療期間，Polly 的嫂子準備每週日都帶孩子們到她家玩，讓 Polly 好好休息。但是從第二次治療開始，這做法已經不再需要，因為 Polly 已能放下擔憂，給自己足夠的睡眠。孩子們也好像變得更加懂事，知道媽媽病了，需要多點休息。但這次的期中試，四小孩都在爸爸的照顧下用功溫習，成績亦有進步。每逢週日，Polly 會和孩子們一起去嫂子家吃飯和一起玩「狼人殺」。在第六次治療的前一天，她甚至能和孩子們一起去海洋公園，盡情玩了足足 6 個小時。

完成治療後，Polly 決定參加義工培訓，成為助人的粉紅天使。自我的經歷令她深切地感受到同路人的支援和關懷，對新患者的重要性！因為這份支持，讓病友由原本迷茫和坎坷的道路，變得清晰和順暢。同時 Polly 也學會了愛自己，因為她明白了先懂得愛自己，才能愛身邊人的道理。

完成培訓後，Polly 隨即投入服務，成為了 5 位新病友的粉紅天使，每位病友都有著自己不同的故事和困難，Polly 陪伴着她們相互扶持，共同面對疾病和生活的挑戰。粉紅天使的工作，令她

明白只要心中充滿愛，沒有什麼能夠阻擋前進的腳步。

　　Polly 向負責她的粉紅天使表達了深深感謝。她説，在支援新病人的過程中，其實也是在不斷地提醒自己，因為在她鼓勵同路人走到戶外及積極運動時，自己也在無形中得到了鞭策，讓自己在日常生活中變得更加放鬆和順遂。她深深慶幸在自己最困擾時，能有粉紅天使陪伴，同時也對那些曾經被她幫助過的同路人表示衷心的感謝，因為彼此相知相伴，共同渡過許多難關。

　　自此那次以後，Polly 再也沒有為這個疾病流下過第三次眼淚。正如醫生所説，這個病雖然帶來了痛苦和挑戰，但也讓她收穫了更多。她擁有了一個更加和諧美滿的夫妻關係，四個更加乖巧獨立的子女，以及一群粉紅天使好友。這些寶貴的收穫，讓她更加堅定了自己的信念，令她對未來充滿了期待和信心。

知多一點點

Polly 是一位職業女性，與很多女士一樣，白天上班，晚上料理家務和督促子女的課業。由於在公在私均要求甚高，故導致自己壓力大增，當過了警界線時，便很容易令患上乳癌的機會大大提升。對於現代女性來說，這樣的例子多不勝數，寄語各位女士，如感到自己有壓力，不妨找一些方法讓自己減減壓，看書、聽歌，甚至一個人獨處，也是愛自己的方法。生活，需要學懂平衡的美麗，才會懂得如何好好生活！

為幼子努力
媽媽勇敢面對化療

粉紅檔案配對 (12)

粉紅天使 L	曾做 10 次化療。

服務對象	Hilda，乳癌 2 期育有兩名兒子，分別是 7 個月大及 6 歲，丈夫要上班。情緒易波動，需要安撫。

2017 年 10 月 10 日，陽光。

　　Hilda 致電「粉紅熱線」時，我拿起聽筒，對面傳來的是一連串的哭聲，説到自己的病情時更泣不成聲，令人不禁動容。

　　Hilda 一家四口，丈夫是上班一族，現育有兩子──幼子 7 個月大，長子則 6 歲。如今確診乳癌 2 期，一下子的惡耗，令她傷心難過，面對家庭、治療及未來，她感到非常無助。

　　「實在有太多太多困難解決不了，壓得我有點透不過氣來。」Hilda 聲線虛弱，彷彿是用盡全身的力氣跟我説話。「萬一我離開了，您説，孩子怎麼辦？」作為人母的天性，莫過於是擔心兩位幼子的未來。

　　瞭解過 Hilda 的處境後，我與她分享了一則故事：「我們的『粉紅天使』團隊中，有一位與您的經歷很相似，她確診乳癌時，兒子才兩歲，跟您同樣擔心，但如今她已康復了 20 年，兒子現在 22 歲了，一家人樂也融融。」我以故事作連繫，希望以真人經驗，着她不用過分擔心，而我們的友誼，亦在彼此訴説心事的過程中，慢慢建立起來。

　　Hilda 首先要接受化療這一關，她對着我直言説：「很害怕！」對乳癌一病認知不多的她，不時在互聯網上找尋資料，看到有疑似「化療死亡」的事件後，便自顧自地被這些網上故事嚇得半死。「我在互聯網上查閱有關化療的副作用時，知道藥物都有毒性，我身體這麼瘦弱，會否承受不來？如果毒性真的太厲害，那會否在治療途中便身亡？是呢，我又看過一段報道，那會否又像女主角般……」她愈看愈擔心，不停發問一連串的問題，我看着她的擔憂，最好的解決方法是當一個聆聽者。

「Hilda，來，先冷靜下來，網上的資訊太多以訛傳訛，內容未必全部正確，有些更是很罕見的例子，真可算是千年難得一見。加上現今的化療藥物已改良不少，副作用亦較以往少很多呢，所以您不用太過擔心，您看我，雖然曾經患病，現在不是健健康康跟您在聊天嗎？」我針對化療，向 Hilda 慢慢講解。「現時每次化療前，病人必須先檢驗血液，確保白血球、紅血球的數量、心、肝和腎各項功能均合格，才會開始療程，所以中途死亡的機會率，其實是很低的。」

「況且，您大可放心，身體狀況必須符合指定標準，才可開始接受化療。如果狀況未達標，療程是會延遲一星期，然後再驗血，有結果後，才決定是否開始。至於化療副作用，更加是因人而異，事實上，每位姊妹出現的情況和時間也不同，較多人會出現的情況可能是：噁心、胃口不佳、便秘、肚瀉和睡眠質素欠佳……等等。況且如真的出現時，也無須過分擔心，因為這都是正常反應。」我希望 Hilda 瞭解後，明白情況並非如她想像般糟糕。

Hilda 另一個逃避化療的原因是害怕脫髮。她不想讓鄰居、兒子同學的家長和朋友，知道自己患上乳癌並接受治療，更甚者，是害怕他人的歧視目光。幸好，Hilda 有位非常細心的丈夫，他非常明白太太的心情，故此為了讓她能安心治病，特別舉家搬遷往另一所屋苑，希望能讓太太在全新環境下，安心接受治療。

搬往新居後，僅短暫解決了 Hilda 原本的煩惱，未料到竟然住了一段短時間後，卻衍生更多的新問題——原來上層鄰居比他們遲入伙，所以裝修工程不斷，而且經常發出巨響，令她不能好好休息，而時大時小的噪音，更令她情緒極度波動，加上新居位置較

遠，兒子更需要提早 45 分鐘出門才能準時上學，面對種種無形壓力，Hilda 變得更常自責，想不通時只懂不停哭泣。

最後，彷彿所有事情都成了 Hilda 眼中的倒楣事。「為何我有乳癌，像我般年輕的同學和朋友都沒有病，為何偏偏降臨到我身上？」抱怨重複千遍，Hilda 一度陷入情緒崩潰的邊緣。

我可以做的，是不斷的開解：「現時的情況只是過渡期，療程完畢後，頭髮會重生，那時便可以回到原居地，一切便會回復正常，相信我！」Hilda 聽進心裏，接受了現時的處境。

到了化療的日子，當天早上，我、Hilda 的丈夫一起陪同 Hilda 到達屯門醫院日間化療中心。甫一起來，Hilda 突然拖着丈夫的手嚷着要回家，丈夫不知所措，只好望着我，眼裏盡是求助的意味。我於是牽着 Hilda 的手，一邊行一邊說：「您看，我做過化療，現在已康復，還有體力做義工，重過正常生活。您現在用的這款針藥，我也用過，知道當中的副作用。化療過後，如果有甚麼不適，可以和我傾訴。如果副作用太多，亦可與醫生商量如何處理，先試 1 針，好嗎？」

「好，那……那我先試試吧。」過來人的陪伴，確實給了她信心，Hilda 隨即開始了第 1 次的化療。

Hilda 進入化療室後，她的丈夫對我說：「今天幸好有您，不然的話，我只能帶太太回家，她在家常抱怨說不想化療，又說有很多副作用，甚至怪責我未試過，又怎能理解她要面對的痛苦？」

「一般人確實是很難明白的，我能理解您太太的抱怨，因為我是過來人，亦曾經抗拒化療，大部分的姊妹在第一針後，感受到

化療的副作用後，便會減低心中恐懼與不安。」Hilda 的丈夫聽後，好像多了份安心。

化療期間，小兒子由 Hilda 媽媽照顧，大兒子則由 Hilda 自己親自接送，盡可能不影響兒子學業。她在化療期間的副作用有：四肢乏力、胃口差、睡眠質素欠佳和情緒困擾。為了安撫她，我倆常常在電話中互相問候，希望藉加倍的照料、鼓勵她克服短暫的困難。

凡事不會一面倒，驟雨中也有陽光。完成第 1 針後，Hilda 首次覆診，還讓她遇見一位細心的女醫生。

「若再次骨痛，要在還沒有出現痛楚之前便服藥，不要等出現了才服食，那就太遲了！至於類固醇藥物，可以減低化療藥物的敏感，應按照分量準時服用。」Hilda 把副作用告知，醫生不但細心分析，還教導她正確的服藥方法。我倆聽着，一同點頭微笑。在這位仁心仁術的醫生講解下，大大減輕了 Hilda 內心的恐懼。

到了最後 1 次化療，不幸地發生了一點小意外，由於過敏及出現呼吸困難情況，Hilda 須由日間化療中心轉往腫瘤病房。在醫生評估下再作安排，當時的她情緒非常激動，而且不停叫喊，久久未能平復。此時，我和另一位義工只能緊緊地擁抱着這瘦小的身軀，在耳邊不停細語安慰。

「對不起。」Hilda 逐漸平復下來了。

「沒事，一切會好起來，我們會陪伴着您的。」我為她抹去眼淚。就這樣，Hilda 的最後一針化療藥物，與我手拖手地完成。

現在，Hilda 已康復快兩年了，而且開開心心地照顧家中的兩名寶貝，看見他們一天天長大，她既感恩又滿足。我倆依然互相鼓勵並交換健康心得，共同積極面對康復後的新生活。

知多一點點

每位化療的姊妹，有可能會遇上不同困難。

生命可貴，只要不放棄，就能繼續活下去。

活着並不容易，但活着真的很好，若非經歷過疾病，不會明白箇中真諦。

有「粉紅天使」為您加油、打氣，載滿能量，繼續前行。

乳健知識

怎樣減低風險，保護自己？

- 適量運動：每星期最少 4 小時

- 控制體重：避免過重或肥胖

- 學習紓減壓力：壓力可以打亂身體的荷爾蒙分泌，學習放鬆及保持積極正面，如感到壓力過大，應主動尋求協助

- 少喝酒：有研究指出，減少喝酒可降低罹患乳癌的機會

- 吃得健康：少吃動物性飽和脂肪，多吃含抗氧化功能、維他命 C、維他命 E 和胡蘿蔔素等食物，如：藍莓、布冧、草莓、芥蘭、菠菜、西蘭花和紅椒等，有助抵抗自由基

八天使聯軍
擊破化療恐懼

粉紅檔案配對 (13)

粉紅天使M | 38 歲時確診,接受化療、電療和荷爾蒙治療。

服務對象 | Vivien,年輕媽媽,家有丈夫以及讀小學的兒子。患病後情緒一直很低落,需要不同義工給予鼓勵及支持。

2018 年 2 月 8 日，晴

　　自從確診乳癌後，Vivien 情緒一直很低落，不時哭泣。她的一位舊同學知道後，着她致電「粉紅熱線」，她一口拒絕。過了不久，一位同路人與她閒談，再次提議她致電「粉紅熱線」。她感到奇怪，心中盤旋着疑問：到底這個是甚麼熱線？和乳癌又有甚麼關係？為何同學和朋友都相繼給同一建議？Vivien 心中舉棋不定。一天，她頓感前路茫茫之際，終於鼓起了勇氣，致電瞭解。

　　就是這樣，我收到 Vivien 的來電後，我們一談便談了 80 分鐘。

　　「乳癌帶給我的痛苦、無助，加上復發機率和死亡的威脅，均令我透不過氣來，我已不懂用文字來表達我的心情。」電話中的 Vivien 泣不成聲。

　　「您今天的心情，就是我當年的寫照，您的無助和恐懼，我也經歷過。」隔着話筒，我嘗試為 Vivien 帶來一點認同感。

　　「M，您發病時的年齡是？」Vivien 聲線微小。

　　「38 歲。」

「甚麼？」Vivien 反應極強烈。隨後，我分享自己的經歷——如何捱過化療、電療和荷爾蒙治療等等，與她一一細說。

「只希望上天能給我多點時間，延長我的壽命，讓我可栽培兒子成才，有時間陪伴他成長。」這是 Vivien 最大的期望。

「可以的！請相信自己。」

Vivien 既是上班族，又是年輕媽媽，兒子正在讀小學，她一方面擔心化療後，不能應付日後工作，一方面則對標靶治療產生恐懼感，覺得自己離死神不遠。

於是，我安排第一位陪伴 Vivien 化療的「粉紅天使」，是一位乳癌期數與她相約，又接受過標靶治療的康復者，亦曾在瑪麗醫院進行治療，這樣二人會較有共鳴。「粉紅天使」逐一把標靶藥的好處與 Vivien 講解，釋除了她的疑慮。

第 2 次化療，陪伴 Vivien 的「粉紅天使」，是一位運動高手，康復後曾往內地及日本等地參加單車遊。目的是讓她知道——乳癌患者康復後，可以回復正常生活，體能並沒有變差，反而變得更強。

　　第三位陪伴 Vivien 的「粉紅天使」，是一位漂亮的年輕媽媽，接受化療後仍然「皮光肉滑」，讓她明白和看見——化療不會帶走我們的美麗外貌。

　　第四位陪診的「粉紅天使」，就是曾經請 Vivien 致電「粉紅熱線」的過來人，此刻朋友相見並陪伴化療，暢所欲言，效果更佳。

　　第五位陪診的，是與 Vivien 確診年齡差不多的「粉紅天使」，已康復 9 年，讓她觸及希望。

　　第六、七和八位陪診的「粉紅天使」各有強項，從不同方向增加 Vivien 對康復的信心。

　　當然，除了有「粉紅天使」的陪伴外，Vivien 最大的力量，其實來自她最愛的家人。Vivien 注射化療藥後，身體比較虛弱並需要多休息，再加上儀容的考慮，因此停了社交活動。幸而，她有位體貼的丈夫，不僅在她確診後到處尋找醫生，陪伴她相約不同

專家，更包辦家中的大小事務，兒子的學校活動，更全由他代表出席。在 Vivien 體力開始恢復之時，家人又會貼心安排親子活動如：沙灘遊玩或公園散步。

Vivien 感到安慰和驕傲的，是自己那懂事的兒子。「幸好我的病情未有影響到他，他校內學業成績優越，校外得獎無數，表現很出色。」Vivien 滿足地道。

雖然化療令 Vivien 掉了所有頭髮，偶爾還會戴假髮，高興地與兒子一起上台領獎。「有一次，兒子跟我說『媽媽，您的頭形很美，沒有頭髮，一點也不難看。』哄得我多開心！」聽着 Vivien 愛的分享，感覺份外甜。

不經不覺，Vivien 在不同的「粉紅天使」陪伴下，捱過了 8 次化療、電療及標靶治療，如今已重投社會工作兩年多。在一次「粉紅天使」週年晚宴上，問候起 Vivien，病癒後的她，和家人的關係比之前更親近，夫妻互相關心體諒，兒子比以前獨立，而這正是 Vivien 的癒後人生。

知多一點點

- 因應受助人的需要，我們會安排不同的「粉紅天使」，為受助人陪診支援，協助她們克服恐懼和憂慮，盼達到事半功倍的效果。

- 「華人乳癌聯盟」每年均舉辦「粉紅天使」週年晚宴，表揚所有義工。不少受助者會攜同家人出席，以示支持。當看見每一位朋友和受助者精神奕奕，容光煥發地出現，是一眾「粉紅天使」最大的鼓舞。

乳健知識

及早發現及治療的好處

早期發現的乳癌，治癒的機會較大，存活率也較高。因此，婦女要關注自己的乳房健康，留意有否不正常的變化，每月定時檢查，如察覺乳房有任何異常，應該盡快求診，尋求醫生的意見和作進一步檢驗。

根據香港癌症資料統計中心與香港大學合作的調查報告顯示，確診時是初期的乳癌患者，5 年存活率可以高達 97.5%，而確診時已是晚期的患者，存活率則降至只有 19.3%。

在醫學角度，乳癌治療 10 年後覆檢而沒有復發症狀，方定義為痊癒。

媽媽與害羞女孩的
問與答

粉紅檔案配對 (14)

粉紅天使 N ｜ 乳癌 2 期，接受了 6 次化療及在東華醫院進行手術。

服務對象 ｜ Emily，30 歲未婚，擁有高等學歷。確診乳癌 2 期，治療方案
是：化療加雙標靶治療、手術、重建乳房及電療 18 次。

2019 年 3 月，晴。

　　Emily 是年輕乳癌患者，30 歲未婚，擁有高等學歷，樣子清純漂亮，帶有中學女生羞澀的模樣，思想單純。確診乳癌 2 期，治療方案是：化療加雙標靶治療、手術及重建乳房，其後電療及 12 次單標靶。

　　我負責支援 Emily，在一年的時間中，很多時像媽媽照顧女兒。因為她缺乏乳癌知識，我需要給她相關的教育、理解她的感受，以及顧及她身心靈的需要等等。

　　以下是 Emily 治療日記十大事項：

　　N：我

　　E：Emily

1）化療期間進食

　　N：做了第一次化療，近兩天胃口可以嗎？

　　E：胃口不太好，如果吃得多，胃部會有脹脹的感覺，有點難受，唯有吃少少，但半夜又會起床吃宵夜，飽了便去睡覺，於是晚上又睡得不好。其實胃部不適通常會持續多久？

　　N：大約一星期左右便會回復正常。

　　E：每日都是吃吃、便便和睡睡，如此循環，尤其半夜三更，真的令人有點沉悶和疲累。

　　N：這只是短暫時間，多捱數天情況便會改善，知道嗎？可

有其他地方感不適？

E：有啊！肚子不舒服，還有點肚瀉感。

N：如是正常的便便就不用理會，如果是液體狀的話，便要吃醫生開的藥方。

2）化療副作用不算多

E：N姐姐，我想知道，何時開始脫髮，何時會長出新髮？

N：完成第一次化療後14至21天便開始脫髮，但放心，停了化療大約兩個月，頭髮便會開始陸續長出。

E：我的副作用是否好奇怪？人家會這樣的嗎？我的臉部、心口和額頭也長滿瘡，有點失控，令我有點不開心。

N：其他姊妹們偶爾也會出現此情況，所以並不算奇怪，您應高興，因為沒有太多其他副作用。

E：甩了頭髮後，我頭皮上長出頭瘡，有時會痕癢難耐！

N：不要抓呀，抓損後，怕有傷口易感染，那就麻煩了。頭瘡可能是化療副作用，遲幾天，應該會好一點，下次見醫生，要提及有頭瘡一事，需要時，醫生會開藥膏給您。

3）感恩的心

E：今天做第2次化療了，很多謝幫過我的所有天使姐姐。

N：請問此話何解啊？

E：醫院有位第 1 次化療的姨姨，甚麼也不知道，例如：沒有準備水、食物和厚衣服，又以為化療只需時 20 分鐘，弄得非常狼狽，最後還大大聲聲地投訴。我看見她的舉動，感恩有您們從中提點分享，我自己甚麼也不懂，那一刻覺得有您在身旁真好，不但有人陪伴，擔心嚴重副作用時，又有您們從旁教路，那時的我，很害怕又無助，不知怎麼辦！真的多得有您，才令我有點依靠。

N：不用謝啊！溫馨提示可讓大家有心理準備，處事不驚。

4）用哪隻手打化療？

E：早前護士稱讓左右手輪流打針，但我問了醫生，他説一般不打有腫瘤的那邊手，各有説法，我覺得好困惑，好亂呢！

N：如果未做手術，左右手都可以打針。但手術後最好能保護已切除腫瘤那邊的手，因如腋下淋巴腺被一併割除，手臂容易腫脹，所以到時就打另一邊手會較安全。

5）重建的問題

E：以為做了化療便不用全乳切除，原來不是。

N：醫生已解釋了，因乳房有鈣化點，範圍比較廣，所以要「全切」加重建。是否不開心？有甚麼想法？

E：如果可以保留，當然最好。

N：明白您年輕，要考慮的事情比較多，但生命最重要，要好好想清楚。

E：N姐姐也在東華醫院做手術？是女醫生還是男醫生？

N：是女醫生。

E：我也希望如您般，是女醫生。

E：姐姐，您是用肚皮、背肌或外置物重建？

N：我用肚皮的，做完手術回到病房，重建已處理好，要留意醫院的病床是可調教的，我回家睡覺初期，有捲身側睡，感覺脊骨較舒服一點。

E：今日有位姊妹用背肌重建，跟我說：「背肌不夠肉，乳房須全切，還要做重建，最後抽出脂肪打進去。」請問姐姐您知道這種情況嗎？

N：不能一概而論，大家情況不同。病人最適合用哪種方法重建，醫生最清楚，而我是用肚皮的。如果肚皮的脂肪不夠用，醫生會有其他建議。

E：重建後，乳房縮細了，有時伸展會覺得緊緊的，請問是正常嗎？

N：乳房重建後，過一段時間，大約兩個月左右，尺寸縮細和感到緊緊地，是正常的，因身體在調整中，不要急。

6）標靶

N：餘下12針單標靶藥物，種痘或是打在皮下較好？

E：哈！是打在皮下，所以好開心。另外，打標靶的資助已經批准了。

N：太好了，恭喜您！

7）擔心復發

E：是否全乳切除，就不會復發？

N：全乳切除與局部切除會否復發，根據以往醫學數據顯示
分別不大。坊間常說局部切除復發率會高一點的說法，
也只是道聽途說，沒有科學根據的。

8）日後覆診時間

E：請問完成治療後，何時才需要覆診？

N：頭半年覆診的時間會密一點，其後安排每半年一次，放
心，屆時醫生會代為安排，不用擔心。

E：N 姐姐，請問您是在東華醫院做手術嗎？

N：是啊！那裏的護士很細心，把手術後的病人照顧得很好。

9）手術

E：完成手術後，佩戴胸圍有甚麼地方需要注意？

N：剛做完手術後可先不用急於佩戴胸圍，反而要多穿鬆身
和前面扣鈕的衣服，以減低手部移動的可能。

E：手術完成後，需要多少時間才能下床？

N：我兩天後可以落床了，放心，護士會通知的。我們有姊
妹完成局部切除手術後，即日便可以下床呢，所以這個
要視乎個人的身體情況。

E：請問 N 姐姐的開胸衣服在哪裏買？

N：我媽媽把男裝背心內衣剪開，然後加兩條絲帶自製成新衣服，超級好穿！

E：哈，如果我買不到，要跟N媽媽學習剪背心內衣。

大家相視後大笑。

10）尷尬的電療

E：今天第1次去電療，有3位男士在我的胸部找紋身點，我非常尷尬，結果只好給他們看。請問N姐姐電療時，是女還是男的技術師處理？

N：一個女和一個男。

E：我真的覺得很尷尬，應如何面對好呢？

N：不如這樣，明天電療時，可請教電療師能否先用乳貼，如可以，對您來說，感覺上會好一點，不至會令您感到「坦蕩蕩」，對嗎？

E：好提議，我明天瞭解一下。我吃了荷爾蒙藥後，感覺非常潮熱，請問是正常反應嗎？

N：正常的，恭喜！因您還年輕，潮熱比我還強勁呢。

E：聽姊妹說，電療後重建的乳房有機會縮小，而且胸部顯得很硬，是真的嗎？

N：我完成電療後，乳房沒有縮小，肌肉初期會比較結實，但過了一段時間後便回復彈性，只是電療過的部位，可能皮膚暫時會顯得較深色，過了一段日子，顏色便會轉淡。

　　對這個小妹子的問題，我就像媽媽般細心回答，但我喜歡她的率直和願意發問，因為她查詢愈多，證明她愈愛自己，Emily 前面的路還很長呢，就讓我這個「哎呀阿媽」與您一起相伴同行，而您，繼續做您的「百事問」。

乳健知識

乳房健康檢查三步曲之一

自我檢查

20 至 40 歲以上人士，每月 1 次

效用：瞭解自己的乳房狀況，易於察覺乳房有異常變化

乳房健康檢查三步曲之二

臨床檢查

20 至 39 歲人士，每 3 年 1 次，40 歲或以上人士每兩年 1 次

效用：由專業護士或醫生觀察和觸檢，以識別乳房是否有腫塊或不尋
　　　常狀態

乳房健康檢查三步曲之三

乳房 X 光攝影檢查

20 至 39 歲人士按醫生建議或視乎個人情況而決定次數，40 歲以上
人士則每兩年 1 次

效用：以 X 光造影拍攝乳房組織，檢查是否有未形成的腫瘤或微鈣
　　　化點形態存在的癌細胞

* 如果有親人曾患乳癌，上述檢查應提早 10 年進行。

經歷一波三折
婦人卸去「壁球」腫瘤

粉紅檔案配對 （15）

粉紅天使O	曾接受化療（4AC+4T）。
服務對象	40歲，乳癌3期，硬塊大如壁球。乳房滲血嚴重導致血色素不足，臉色蒼白。需要接受化療（4AC+4T），待腫瘤縮小後進行手術和電療。因腫瘤變大，第4次紅針改為打T針。手術前發現有一條血管較接近腫瘤，需要先進行電療，分開血管和腫瘤。

2018 年 4 月，晴。

　　大約兩年前，40 歲的珍珍發現乳房有硬塊，礙於家中有事，她一直拖延未去處理，後來感覺硬塊愈來愈大，加上乳房不停滲血，她心知不妙，最後唯有求醫，確診時已是乳癌 3 期，當時的硬塊大如壁球。

　　義工主任與我一起跟進珍珍這個複雜的個案。因珍珍的乳房滲血嚴重，醫生安排她接受化療（4AC+4T），先讓腫瘤縮小，然後才進行手術和電療，然而，珍珍卻一度抗拒。

　　「要立刻做化療，您的情況有點嚴重，必須盡快控制腫瘤和出血的情況！我之前已打過這兩種針，可分享有關化療的副作用，我都能捱過，您一定可以的！不要猶豫了，快行動啊！」我們經過多番唇舌，讓她明白現在的處境。最後，真的不能再拖，最終勸服了她。

　　接受了第 1 次化療時，她看起來皮膚白皙，後來才知道由於乳房滲血關係，導致血色素不夠，故臉色白如紙，其實正正是「結果」，化療帶給珍珍的副作用不算多，僅是胃口不太好及體力稍弱。醫生擔心她的傷口受到感染，故要求她每日前往健康院清洗傷口。

　　珍珍的治療路上波折重重。完成了 3 次化療後，本以為腫瘤會縮小，可惜卻增大了，而出血情況更比早前嚴重，最後需要入聯合醫院治療和加電療 3 次以助控制。醫生又決定第 4 次的紅針改為打 T 針。這一次，對珍珍的打擊很大，她對前路感到灰心，我們能做的就是聆聽和鼓勵，讓她有信心繼續接受治療。

自第 4 次開始，珍珍的副作用開始增多，經常氣喘，體力亦開始減弱，幸好仍能自行前往健康院，但到第 5 次時卻發生了「頭虱」事件。事緣珍珍等候治療期間，突然有只頭虱從她的頭上跳出來，還把等候化療的其他病人嚇倒。護士見狀，隨即安排她坐在最後的位置，與其他人隔離。而此時的珍珍較為敏感，這一舉動更使她覺得被歧視，於是我與她解釋：「護士所作的決定有其原因，而且無惡意的，珍珍您別太在意。」希望減去她心中的不快。

　　「嗯。」珍珍點頭，似是略為明白。

　　到了第 6 次，委員會和義工主任思前想後有關陪診一事，均認為有必要陪伴前往。如不陪同，或會打擊珍珍治療的信心，甚至會令她深受歧視困擾。「O，您今次別去了，我親自跟進。」義工主任眼見我這位義工不收分文，卻要面對這種「困擾」，她於心不忍，於是提議由她親自來陪診。

　　「我可以的，我在網上搜集了資料，例如：如何穿衣服、如何避免頭虱跳到身上，所以不用擔心，我能應付得來的。」我已整裝待發，為這次陪診作出了準備。義工主任見我眼神堅決，也被我感動起來，這一回，輪到我感不好意思了。

　　很快地，珍珍完成了 7 次化療。醫生為她安排照正電子掃描，確保沒有擴散到其他器官，下一步便安排手術程序。然而問題又出現了，她其中一條血管由於較接近腫瘤，故需要用電療將血管和腫瘤分開，幸好皇天不負有心人，珍珍又成功過了一關。

　　來到手術前的一天，珍珍的情緒非常波動。她致電說：「手術要做 8 小時，我醒來後身旁沒人，怎麼辦？我好怕！」由於冠狀

肺炎球菌關係，病者住院期間家人不能探望，所以當珍珍既要面對手術風險，又在沒有家人陪伴的情況下，心情跌入最低點。

「不用擔心，可用視像與家人通電，現在很流行，很方便。」我提議着。

「手術會危險嗎？」珍珍仍然擔憂。

「別想太多，手術一事交由醫生處理。我們其中一位『粉紅天使』當年也進行了６小時的手術，如今十分健康呢。再加上乳癌是外在手術，不是內臟器官，相對地風險較低，請放心。」我安慰說，她才稍為平靜。

後來，珍珍成功完成手術，康復進度良好。從義工主任口中得知，她曾多次向我們致謝。

「珍珍可以完成手術的過程，可能是萬幸，真替她高興。那次出現「頭虱一事」，我想親自出馬陪診，○您卻說一早做好準備，我好感動，掛了電話後在家哭泣，因太感動。心中想着，能有這樣大愛無私的『粉紅天使』，這是病友的福分呢！」義工主任憶述。

「應該的，這是我們的使命，對吧！」我笑說，披起粉紅外套的我，突然覺得自己身負重任。

知多一點點

在香港，很多女士諱疾忌醫，心存僥倖以為自己沒這麼「好彩」，病魔不會敲自己的門，但其實「病向淺中醫」。如發現有疑似乳癌症狀，別拖延，請即求診，因為愈快確診，痊癒的機會愈高。

女中豪傑
笑看癌魔

粉紅檔案配對 (16)

粉紅天使 P	切除 20 多粒淋巴,康復多年,沒有水腫,生活和工作沒受影響。
服務對象	月華,50 歲,乳癌 2 期,要接受 18 次標靶治療。20 年多前已離婚,獨力養育兩名子女。

2018 年 10 月，有雨。

　　我陪伴着剛確診乳癌的瑤瑤前往醫院準備進行化療過程，在候症區剛好遇見月華。那時，月華已完成乳癌手術，在女兒的陪同下首次覆診。

　　「您好啊，剛完成手術？」見月華的目光頻頻向我們「掃射」，我先行打開話匣子。

　　「您好，是啊，剛做了。」她禮貌地回答。

　　「要做化療嗎？」我接着問。

　　「要！」月華回覆道。

　　緣分就是這樣的一回事，巧合地瑤瑤與月華同樣住在將軍澳區，於是，我二話不說便和月華交換了電話號碼，以便日後能繼續跟進。

　　兩天後我致電月華，詢問她的近況及康復進度：「對於要進行化療和標靶，會擔心或害怕嗎？」

　　「會啊，其實我不大明白，為何已完成手術過程，為甚麼還要再進行化療及標靶治療呢？是不是人人都像我，都要這樣三部曲的？」這樣一問，便知道月華對化療及標靶的知識不足夠。

　　「不是的。下次見面我再解釋給您聽，記着如有甚麼不明白的地方，可隨時致電或 WhatsApp 聯絡，我和其他「粉紅天使」很樂意解答您的問題和疑難。」

「那次在醫院，我偷聽了您和瑤瑤的對話，知道她非常擔心，又聽到您不斷地安撫她，給她關心和安慰，您們您一言我一語的，我都聽進耳裏，聽着聽着，便知道您這過來人並不簡單，但您仍願意抽空來電，真的很感謝您。」月華感謝道。這次通電後，我與月華的關係更加密切，之後的聯絡更從沒間斷過。

第 1 次化療，月華有女兒和姨甥女陪伴，故無須陪診。在她化療後，我在電話及 WhatsApp 問候及給予支援，她收到我的電話，很是安慰；再到第 2 次化療時，這次由我來陪伴月華前往醫院，由於她安排了同時接受化療及標靶治療，故要從早上 9 時逗留至下午 4 時，需時比正常病人較長，以便進行不同的測試和檢驗。我怕她餓着，於是特地為她準備了午餐充飢。

「您人真好，除了細心照顧我，還連午餐也為我準備，這份關心真的很難得，您太好了！」月華感激地說。「P，您知嗎？整天坐在冷冰冰的化療室，眼前全部都是病人，那種莫名的傷感不期然衝着而來，幸好您們『粉紅天使』的關心溫暖了我，我知道的，一個看似簡單的飯盒，但其實當中充滿着愛心，真的令我很感動呢！」月華續説。

一個飯盒其實只是舉手之勞，但月華卻答謝了我數十遍，令我很不好意思呢！吃着吃着，月華提起腋下有點痛楚，她靜悄悄地問道，這種感覺是否正常？而且還有點憂心化療後會影響日後的手部活動。於是，我展示了自己的手臂説道：「少少痛是正常的，過了一段時間，不適的感覺會有所改善，之後再進行適量的運動，令肌肉增強，這種拉扯的感覺，隨着時間過去便會慢慢減退，手術後通常仍可活動自如，不會影響日常生活和工作，您看

我，現在不是揮灑自如嗎？所以，其實您都可以！」月華看着我靈活的揮動雙手，於是滿意地點頭同意。

等候期間，我還與她分享了姊妹們最擔心的飲食問題：「記住不用戒口的，喜歡的可多喝花生衣湯和白蘑菇湯，而牛肉和去皮去脂肪的雞肉，其實均可進食，不用擔心。」

「P，您真有智慧！乳癌知識這麼豐富，很多謝您呢。不過，要您在冬天這麼寒冷的大清早起床，然後親自來醫院陪伴我，實在太不好意思了。」月華可能看着我瘦削的身軀，自感有點過意不去。

「不客氣啊，只要我們的心在一起，暖意定能戰勝寒冬。」我倆相視微笑。

月華如期進行了 4 次的化療和標靶，幸運地副作用並不太明顯，只是有：唾液分泌多、疲累和食慾偏低⋯⋯等等。過了數天，已能如常活動。

約 50 歲的月華能如此順利完成治療，或許「歸功」於她年少時超級能吃「苦」。在香港生活了 20 多年的她，一直自食其力，辛勤工作養育子女。聽着她分享過往的故事，心中不禁驚嘆：的確是一位「有骨氣的女中豪傑」。

月華年輕時由內地來港，本來一家五口樂也融融。可惜好景不常，最後因性格不合與丈夫離婚，其後，7 歲大兒子跟隨前夫生活，她則獨自撫養 4 歲的女兒和剛出生的幼子，多年來她從未接

受前夫在金錢上的幫助。問她為何，她稱做人要有骨氣，不想被人標籤，覺得自己為了錢財而嫁來香港。

雖然分開但親情仍在，月華和前夫的關係仿如朋友，不時她還會安排前夫和子女見面，一家五口時有聚餐，不經不覺，3位子女已長大成人，女兒更非常孝順，每次月華覆診，她定必盡量陪伴在側，而為了方便能抽更多時間陪伴媽媽，更特意找了份兼職工作，以便配合療程；而為了減輕媽媽的工作量，有時還會主動買菜，令月華感到非常安慰。

「這些仗，有時打得真的挺累人的，但看到女兒懂得照顧自己，便會跟自己說，如何艱苦也要熬下去，因為有女兒的愛，甚麼都是值得的。她很乖，還叫我多烹調美食慰勞自己，又叮囑我要吸收足夠的營養，因為這樣才可有足夠體力應付化療。」說起女兒，月華甚是滿足。

除了子女的愛，月華本身爽朗、率直、樂觀，以及不拘小節的性格，也是助她對抗病魔的一大主因。她從不抱怨，遇到問題便向我們義工查詢；不鑽牛角尖，情緒穩定，臉上總是笑容，彷彿「乳癌」二字與她沒有關係。

面對化療的副作用，她視為是正常反應，不會怨天尤人或大吵大鬧。眾多乳癌姊妹們最害怕的「復發」，對她來說亦如浮雲——她總是抱着「殺到來才算」的心態，如此正面的態度，可以與她媲美的人，絕對不多。

看着她對乳癌的態度，也令我對她多了一份欽佩。身為「粉紅天使」的我，其實跟平常人般，我們有時也會遇上低潮期，幸好，有這群充滿正能量的「同路人」互相支持，讓我們感覺到助人就是助己的快樂道理，看見他們歡愉的笑容，心裏也會不禁叫道：「無論多勞累，甚麼都是值得的！」

好，披起粉紅外套，我又要再次出動，帶着這份正能量，為更多的同路人帶來希望和祝福。

知多一點點

以生命影響生命，最能反映「粉紅天使乳癌化療陪診服務」的精髓所在，完成所有治療後，康復了的月華因為自身的經歷，加上被其他「粉紅天使」的正能量所感染，隨即報名參加了「粉紅天使」的義工培訓。

原來在過程中，為了能幫助更加多有需要的朋友，她就像其他「粉紅天使」義工般，參與了由聯盟所提供的多項類型課程，當中包括：由社工、腫瘤科醫生、心理學博士，以及護士等授課的項目，務求從生理至心理層面上，均能積極裝備自己，以提供最全面的支援。

而比起一般的義工來說，「粉紅天使」其實擔當着更重要的使命和任務，因為他們不但幫助他人，而且在過程中，需要再次經歷曾經受過的痛苦，除了愛，相信沒有字眼更能表達他們對「過來人」的付出和支持。

高「糖」港媽
與天使風雨相伴

粉紅檔案配對 (17)

粉紅天使 Q | 曾做手術、化療及電療。

服務對象 | 梁太，糖尿病病患者，乳癌 2 期，完成切除全乳手術，因淋巴受感染，須再做手術。其後需要接受 4 次化療、18 次標靶和 5 年荷爾蒙藥物治療。

2017 年 10 月，晴。

我的服務對象——梁太，可算是其中一位自言百病纏身的病友。

2008 年，梁太進行婦科手術後，出院前一天突然昏迷，即轉入深切治療部。事後證實由糖尿病引起，屬家族遺傳。醫生建議她多做運動及鍛鍊身體，從飲食、運動及藥物三方面全面控制病情，此後她每天均要依靠藥物和打針來度日。

9 年後，梁太確診乳癌 2 期，做了切除全乳手術外，期間淋巴有受感染，故須進行第 2 次手術，對於需要再次進入手術室，她一度未能接受，一來年事已高，還得再一次經歷手術的衝擊；二來又有糖尿病隱憂，令她擔心手術後傷口康復緩慢，最後，又怕乏人照顧……等等，令她不斷拒絕進行手術。期間，梁太的兒子不停嘗試說服媽媽，奈何梁太不想討論，最後兒子束手無策，只得找「粉紅天使」幫忙。就這樣，我遇上了梁太。

當時，梁太左右為難，一方面知道兒子出發點是好，另一方面自己的憂慮也一言難盡。我逐一拆解她的困難：「如果不做手術，後果可以好嚴重，比您想像更難以應付啊！聽醫生的建議，去做第 2 次手術吧！」

「我明白，但有苦自己知。」梁太熱淚盈眶，不停抹淚。我緩緩分析她的難處，讓她慢慢思量，在電話的另一頭我只能努力說服，然後間中和應，終於，她答允了。

手術後，梁太需要接受 4 次化療、18 次標靶和 5 年荷爾蒙藥物治療。第 1 次化療那天。那時，兒子還在英國工作，未能及時

回港，梁太一個人獨自面對治療，真的半點信心也沒有，這時，我的出現，令她特別感動。

後來每次梁太見醫生，兒子回港後定必請假陪伴，至於化療陪診則交由我代勞。為了支持媽媽的決定，兒子放棄了英國高薪厚職的工作，專程回港工作。面對化療，親人的支持是異常重要。兒子當時身在英國，我向她承諾：「化療路上，我一定會風雨相伴。」聽後，梁太的心舒坦了，熱淚盈眶。

「做了手術，傷口痊癒時間有否特別長？」我疑惑地問梁太。

「我也有留意，發現我跟同一日做手術的姊妹，出院時間差不多。」梁太回覆道，原來她一直擔心有關糖尿病引伸出來的問題，例如：化療後飲食的方式，會否與糖尿病有所衝突？一方面又怕自己不能吸收過多，另一方面又擔心吃得太少，如此七上八落，於是我提議她把問題記下，下次向醫生查詢。其後，醫生轉介梁太約見營養師，並給她化療期間的飲食分量建議。

化療期間，梁太要吃類固醇藥，以減低化療藥物引起的敏感。兩次化療後，她往內科覆診，血糖急升至 19 度，一度十分驚慌。梁太急得問醫生：「我還可以繼續化療嗎？要停止嗎？有危險嗎？」幸而，她懂得把實情盡快告知醫生，於是經調教糖尿藥分量後，度數逐步回落，真的有驚無險。

有 1 次化療，梁太因腹瀉及白血球過低入院，須入住隔離病房。翌天中午探病時間，我專程由九龍前往屯門醫院探望。

「當我看到穿着粉紅外套的您出現時，真的有點驚訝！」梁太很感動，握着我的手說。「我以為當日您說風雨同路只是客氣說話，沒想過您真的會兌現承諾呢！」

「我說過風雨相伴啊！醫生巡了房嗎？有沒有告知何時可出院？」我笑着，亦緊握她的手，滿滿是力量。

「我要投訴兒子，他太關心我了，一天致電5、6次，或與我FaceTime，我開始感覺有點點壓力！我知兒子好尊重您的，可以代為向他反映嗎？」梁太帶點甜蜜的抱怨，令人招架不住。同時讓我明白，我在倆母子心中，原來有一定的分量。

這個要求實在太簡單，我即時應允，其後更聊東聊西，離開前還「自拍」起來，因雙方戴上口罩，露出笑咪咪的眼睛。

那份笑容，既是信賴，又是祝福。

並肩 240 天
與院舍婆婆經歷 28 關

粉紅檔案配對 (18)

粉紅天使 R | 接受 8 次化療（4AC+4T）、20 次電療，服食 5 年的抗荷爾蒙藥。

服務對象 | 王婆婆，乳癌 3 期，為院舍轉介個案。須接受 8 次化療，即 4AC+4T、20 次電療，服食 5 年荷爾蒙藥。因特殊情況，「粉紅天使」破例陪伴接受電療。

2018 年 2 月 8 日，雨。

我在「粉紅熱線」當值時，收到護士方姑娘的來電。

「我們的機構已有數十年歷史，其中一項是家庭服務。早前在醫院取得貴機構有關化療陪診服務的單張，特別致電來瞭解，希望能有機會合作，一起跟進乳癌個案。」方姑娘簡單地介紹了自己。我記下了有關資料，轉交給義工主任。

初時，我們以為方姑娘只想簡單瞭解一下機構的運作，事實並非如此。她有備而戰，小心評估，提了一連串問題包括：化療陪診服務的經費、運作、義工的培訓、義工的知識、支援病人方法、監察義工程序，以及會否向病人銷售產品⋯⋯等等，「考核」時間超過 60 分鐘。

「您們站在病人的立場思考，服務真細心。」方姑娘聽畢我們的運作後，不禁讚嘆道。

「因我們是同路人，瞭解病人所需。所有陪診的『粉紅天使』，均須接受外科、腫瘤科醫生、心理學家、社工和資深義工帶領往醫院實習培訓的。」義工主任回答稱。

「對，同路人的支援，在抗癌路上擔當了重要角色。」方姑娘認同。「今次致電來，其實是我們想轉介王婆婆的個案，有勞您們來跟進。」王婆婆是乳癌 3 期，須接受 8 次化療（4AC+4T）及 20 次電療，之後須服食荷爾蒙藥。

方姑娘把病人的背景、院舍及進行化療的醫院資料告知，之後更溫馨提示了數點：

1. 王婆婆帶有濃濃的鄉下口音，跟進的義工和她溝通時，務必額外留神；

2. 王婆婆經濟拮据，盡量不要提及進食補品或昂貴的食物；

3. 王婆婆會在院舍用餐，希望義工多在情緒上作支援，提示她化療副作用；及

4. 王婆婆的電話沒有 WhatsApp 應用程式，偶爾電量會耗盡，需要耐心地聯絡多次。

語畢，義工主任安排了兩位合適的「粉紅天使」支援王婆婆，希望能事半功倍，而我，便是其中一位。第一次致電王婆婆時，電話真的未能接通，其後多打數次後才可聯絡上。

「化療是否很辛苦，是否很多副作用、很痛苦、很難受……？」王婆婆一開始便緊張問道，她鄉音重，幸好説話速度較慢，我勉強能聽懂。

「王婆婆不用緊張，我們慢慢説。」我列出一般化療的副作用，讓她有一點點心理準備。

「為何我要住院舍？為何我落得如此坎坷的地步？」王婆婆一邊説着她可憐的身世，一邊不停地哭泣，而且愈哭愈傷心。我沒有阻止她，並且讓她盡情地哭，希望她能把心中的鬱結釋放出來，這一哭，持續了 10 多分鐘。

「大家萍水相逢，無緣無故，您們這樣關懷我？相反我的親人、丈夫，卻把我趕出家門，我可憐得連一件衣服也不能取走，而且無處棲身！」説到這裏，王婆婆再次放聲痛哭。

「感謝社署為我找到老人院，我才不至於睡在天橋底，如今有病了，沒有親人關心，只能孤苦地待在老人院等死！」王婆婆孤身一人面對疾病，倍感淒涼。我除了為她感到難過，只能靜靜地聆聽着，間中給她反應。

「我擔心自己年紀大，未必能抵受化療的副作用及治療的後遺症。我又沒有足夠的金錢購買營養產品和補品，很擔心身體的康復程度不如理想呢。」她續說。

「王婆婆，您的治療方案跟我一樣。我是過來人，會與您一起渡過及分享個人心得。我當年也沒有食用額外的營養產品，因為主要的營養，均只是從三餐中吸收便可。」我為她打下強心針。

「真的嗎？」王婆婆有點不相信。

「曾有一位跟您類似的婆婆，她天天吃快餐店的豬排飯，但每次白血球檢測均合格，所以您可放心啊。」我再次分享。

這一下，王婆婆不禁笑出來了。

終於來到第 1 次的化療日，我們相約在瑪嘉烈醫院門前會面。身經百戰的我，知道長者很多時會早到，故特別提前 35 分鐘出門，然而到達醫院時，王婆婆已在門外恭候。原來，她比預約時間提早 45 分鐘到達。眼前的王婆婆身高約 5 尺 7 寸，原來，她是一位「高」人。

其後，我化身導航員，帶領王婆婆前往急症室遞交入院紙及取排版，然後再到日間化療中心交排版，準備化療前的工作。幸運地，她很順利地完成第 1 支 AC 針藥，在大堂休息了 20 多分鐘後，我陪伴她乘車返回院舍。

原本王婆婆從院舍前往瑪嘉烈醫院共有 3 條巴士路線可以到達，非常方便，可惜，王婆婆原來是識字不多，只認得「30」這個號碼的巴士線，故不敢乘坐其他巴士，最後，我們花了一段頗長的時間在交通上。

化療後的數天，我未能聯絡上王婆婆，直至第 4 天，王婆婆終於回電。我急不及待問她是否有不適的地方。

「我有點疲累，想睡覺，胃口很差，沒有食慾。」王婆婆簡單而重點地回答。

「即使胃口不好，都要盡量多吃些食物呢！否則不夠營養，不舒服的感覺會更明顯呢！」我鼓勵她進食。跟着的 10 天，我每天來電，盼能減輕她的憂慮和不安。

王婆婆雖然身「高」，但她的內心卻如玻璃般脆弱，化療初期更時常哭泣。「人生真的沒有意義，不如放棄等死吧！事實上，我沒有事情可留戀了。」有一次，她突然失去生存動力並埋怨地道。

「您還有兒子和媳婦，為了他們，要繼續努力完成治療啊！」我安慰道。王婆婆的兒媳居於鄉間，偶爾會特意前來院舍探望。

「其實，我希望完成療程後，可以自力更生，就算從事清潔的工作也好，但我又擔心年紀老邁，不知還有沒有老闆願意聘請我！？」王婆婆的憂心事，原來一項接一項。

「您很積極啊！不用擔心，現時清潔工空缺多的是，只要您肯幹活，不會失業呢！」我為她帶來希望，王婆婆大概從我的話中悟出了道理，之後再沒有自怨自艾。

化療前，病人需要抽血及覆診。每次事前，我必定會致電王婆婆溫馨提示，因怕她會忘記。

到了第 4 次化療，她因白血球數量不足，需要休息一星期。那次，她情緒低落地說：「我命苦患有絕症，不知能否醫得好，現在又不能打針，可能是院舍飯餐營養不足所致。」

「第 4 次化療才出現此情況，已經很不錯了，有些年輕病友也會有白血球不足的問題，所以不止是您呢，記住，這個星期請盡量多進食！這樣健康才會好起來！」我勉勵着。

到了第 5 次化療，王婆婆需要轉打另一種 T 針化療藥。注射時間延長了，院舍方姑娘怕王婆婆回到院舍後錯過了午飯時間，一早拜託了我準備小小午餐，這點我是義不容辭的。當天，我給王婆婆買了一個紅豆麵包作午餐，她不停說：「紅豆麵包真美味！」

到了第 6 次化療，當日我們二人還未吃午餐，我建議一起在醫院飯堂進食，王婆婆點頭同意。到下單時，不識字的她只是隨便指着一幅食物圖片說想吃這個。後來，我代她決定了，前後點了兩個套餐，同時付了兩人的餐費。

進食的時候，王婆婆拿出 50 元欲給回餐費。我推說忘記了銀碼，然後再三拒絕。她感激笑了，滿足地享用着午餐，慢慢咀嚼。她一邊喝湯，一邊讚美：「我大半年沒有飲過這麼美味的湯，飯又煮得軟硬適中！」

看着這一幕，令我感觸良多。平日大家眼中「難入口」的醫院飯堂午飯，對王婆婆來說卻是人間美味佳餚；我們常常批評

飯菜不合口味，原來身在福中不知福。晚上回到家跟丈夫談起此事，眼淺的我差點哭出來，雖然已過了半天，但激動的感覺仍然久久揮之不去，回想王婆婆珍而重之地享用午餐，更令我能感受惜福之樂。

最後，王婆婆還把剩下的極小量飯菜和熱湯打包取走。餐廳員工疑惑地看着，閃過一絲絲奇異的目光，他們的目光像是説：「不是嘛？這麼小分量的餸菜還來外賣？在開玩笑嗎？」

到了第 7 次化療，我打算「舊橋再用」，再次邀請王婆婆共晉午餐，怎料她一口拒絕。「我知道，R 您特意請我吃飯的，但真的不用了。」她不接受，還請我立刻送她乘車回院舍。『粉紅天使』與我非親非故，但卻對我關懷備至，又免費陪診接送，已經是我的大恩人，我永世不會忘記，您們的車資已是自掏腰包了，怎能又要您再次破費呢？」語畢，我心裏暗自為王婆婆喝采，她真是個高風亮節，及不貪便宜的真正高人。

艱難的日子終於過去，王婆婆順利完成了 8 次化療，要進入另一治療階段——電療。某天，義工主任接到方姑娘的電話，談起王婆婆的電療安排，院舍請「粉紅天使」幫忙：「王婆婆因已完成 8 次化療，體力仍未恢復，擔心她電療後獨自回院舍會有危險，可請您們再次幫忙嗎？」

王婆婆每星期接受 5 次電療，方姑娘希望「粉紅天使」團隊負責 3 次，院舍負責兩次，大家各自分工，方姑娘又補充道，如果不能幫忙，便需要僱用坊間收費的陪診服務，而每次收費大約為 200 多元，一星期須付 1,000 多元，為期 5 週的花費高達 5,000 多元，這個金額對王婆婆來説可算是天文數字。而對「粉紅天

使」陪診服務來說，我們一向只限於化療期間，但因此次情況特殊，故需要與主席及服務委員會討論才能決定。開會後，「粉紅天使」團隊一致贊成打破先例，非常樂意接受這項特殊任務。

由於政府醫院的電療時間未必每次相同，故此人手方面，我們也要特別安排。舉例說，星期一陪診的「粉紅天使」陪伴王婆婆完成電療後，翌日（星期二）便須安排另一組的「粉紅天使」陪診，如此類推，以免令「粉紅天使」們帶來無形的壓力。同步，這次也是華人乳癌聯盟第 1 次與其他組織合作，曾幾何時，我們一度擔心文化不同，而在工作上的協調問題，更是令人頭痛的地方，幸而大家目標一致，合作得相當愉快。

相處久了發現王婆婆很能吃苦，不過令她最難過的，不是治療的痛，而是內心承受的苦。記起最後一次見面，完成電療後的王婆婆比較累，我們一同在公園坐了一段時間，讓她先好好休息。王婆婆席中，趁機盡訴心底話，我不斷點頭回應，靜心聆聽她的故事，太陽下山了，那次，我們在小巴站分手，還笑着說再見。

長達 8 個月的陪診日子，我們與王婆婆建立了密切的關係。不論晴天雨天，我們在瑪嘉烈醫院相遇相伴。住在院舍的她，親人遠在他方，可以陪伴她傾訴心事的，只有我們這群「粉紅天使」。我們慰藉了王婆婆「玻璃」般的心靈，與她安然渡過化療及電療路，一幕一幕的景象又重現在腦海，心裏無限慨嘆，當中雖然憂慮很多，但喜樂也不少。

公園一別後，「粉紅天使」完成使命，王婆婆重過院舍正常生活，祝她健康快樂！

計劃 A ＋計劃 B
打動醫生之母

粉紅檔案配對 （19）

粉紅天使S	資深義工，4次化療、手術。

服務對象	78歲陳媽媽，乳癌0期，須做手術及服食荷爾蒙藥。她自言 自己高齡、害怕術後身體變差，一度拒絕做手術。其任職公立 醫院的醫生女兒致電求助。

2017 年 7 月，炎熱。

　　某個黃昏，在「粉紅熱線」當值的我，收到陳小姐的來電，她聲線洪亮、說話急速，我倆的對話是這樣的：

　　「請問是否需要我們的服務？」我問。

　　「是啊！」

　　「請問是本人確診乳癌嗎？」

　　「不是，是我的媽媽。」陳小姐道。

　　「請問您媽媽已做了手術嗎？」

　　「她不願意做手術，而且已經拖了一段時間，我們數兄弟姊妹都沒有辦法了，每次提及乳癌手術，她便非常不高興，認為我們不孝順，更甚者恐嚇說如果再強迫她做手術，便報警求助。我們真的不知怎樣做好！」

　　原來，是當事人的女兒求助。

　　「媽媽意志堅決，一點也不接受我們的好意。其實，媽媽平易近人、愛護子女及孫兒，而且和我們的關係一向良好，但若一提及手術，她便會板起臉孔，關係即時變得緊張，實在沒辦法了，我唯有致電求助。」陳小姐補充。原來，她在某間公立醫院的腫瘤科看到我們的單張，得知此服務後，決定一試。

　　78 歲的陳媽媽身體向來健康，每天最愛游泳，而且健步如飛。她抗拒進行手術的原因——怕手術後不能游泳，身體會變得較弱，更認為即使高齡的自己不做手術，離世也不覺遺憾。

「媽媽撫育我們兄弟姊妹成才，本希望她現在可健健康康享清福，如今卻患上乳癌，醫生說只須進行手術和服食荷爾蒙藥，治療便能完成，所以媽媽如現在便放棄，真的令我們非常擔憂。」提到這裏，陳小姐的語氣憂怨而帶點無奈。

明白陳小姐愛母心切，於是我提議先邀請倆母女前來活動中心，讓陳媽媽與同路人見面傾談。

「媽媽一定會認為被騙去看醫生，所以一定不會跟從。」陳小姐太明白媽媽的性格，斷言拒絕我這個構思；但我不慌不忙，有一點點經驗的我，即時再給她第二個方案。

「嗯，您們住在黃大仙區對吧？不如我聯絡數位同區的乳癌康復者在附近見面，請帶陳媽媽前往龍翔中心，然後當作偶遇，可好？就說成我們是您患過乳癌的舊同學，趁此機會與陳媽媽打開話匣子。」

陳小姐本來還是有點擔心辦法是否可行？但姑且一試也是辦法，於是我們落實見面日期。掛上熱線，我和另一位義工主任商討解決方法，隨即聯絡一位 75 歲乳癌康復者的女兒 Amy，邀請她倆母女出席「偶遇」茶敘。可惜 Amy 不在港，未能幫忙。其後，我們又安排了一位居住在黃大仙區的 Yanki，以及一位剛完成乳房重建手術的 Yellow，加上我共 3 人，展開「計劃 A」行動。

當天中午，我們 3 人提早 15 分鐘到達茶樓，恭候陳氏母女。不消一刻，陳小姐便拖着媽媽出現了。3 位「舊同學」加上倆母女相見歡，經過簡單的介紹及開場白後，始知道陳小姐原來是位公立醫院的醫生，順水推舟，隨即展開了一段「健康」對話。

陳媽媽說：「我快 80 歲了，身體非常健康。如果手術後身體變差，以後不能游泳了，豈不弄巧反拙？」她望着女兒，續說：「他們幾兄弟姊妹說我有乳癌，總叫我做手術。我年紀大了！還做甚麼呢！看，我今早才去游泳，身體實在還很好呢。」身旁的我，完全感受到陳媽媽中氣十足。

聽到這裏，我們三人心神領會齊齊進入正題，開宗明義討論有關乳癌和做手術的事。

「陳媽媽，其實您很有福氣呢，子女孝順又學有所成，大家都很關心和尊重您。他們叫您做手術，都是為您好呢！」

「我的身體很好，做手術反而會弄壞自己的身體。我能游泳，乳房又不痛，怎會是患上乳癌呢？」陳媽媽再次強調。「我一把年紀動手術，不如死了便算，我行得走得，根本沒有病！肯定是醫院的報告出錯了！」她愈說愈氣憤。

頓時，大家停了一會，空氣瀰漫着一片寂靜。

「您康復了多久？」陳媽媽突然問義工 Yellow。

「剛好一年。我在未發病前，每星期也如您般去游泳，還做健身，可惜還是患上乳癌，醫生也沒辦法解釋箇中因由。」

「做這麼多運動也會患癌？那……那手術是否很辛苦？」陳媽媽感到驚訝。

「合上眼睛數了 1、2、3 之後……便睡着了，睡醒時手術已完成，除了切除癌細胞外，我還同步完成乳房重建，所以手術前後共花了 8 小時。」

「乳房重建手術是否辛苦？」陳媽媽好奇地問。

「初時拉不直身體，幸好這情況只維持了一段很短的時間。1年後情況已大大改善，而且還可以去游泳呢。現在穿泳衣，連乳貼也不需要用，很方便呢！」Yellow 打趣地回應。

「手術後，我接受了 6 次化療和電療，相對來説，陳媽媽您只須施手術和吃藥，算是幸運的一批了。所以更加應該積極面對和接受治療，除去這個『計時炸彈』恢復健康後，還可以看着子女及兒孫成家立室！多幸福啊！放心，我們會陪伴您一起同行這段康復路。」Yellow 加以鼓勵。

「我的手術也不辛苦！完成全乳切除後，住院 6 天後便回家處理家務。現在體力已經回復正常，一星期還可以遠足 4 至 5 次呢！」義工 Yanki 搶着插話，加大説服力度。

此時，陳媽媽有點動搖，正在猶豫之際。我把握機會説：「我們認識的一位 83 歲乳癌康復者馮婆婆，縱使年紀較大，但完成了手術和電療後，現在的身體狀況還很良好呢。」

「好，就您們這樣説，我答應做這次手術！」陳媽媽聽了我的話，看來信心增強，隨即決定首肯。我們三人望向陳小姐，相視而笑。

「太好了！陳媽媽、陳小姐，您們知道嗎？本來今天仍有一對母女會來飲茶。但因女兒外遊，75 歲的母親完成了手術後，忙着每天帶着菲傭往街市買菜，所以才不能參與今天聚會，下次如再有時間，我也請她來跟您分享她的經驗。」我希望這兩個成功的個案，可以減低陳媽媽的恐懼，加強她對手術的信心。

「好的！希望可以時常出席您們的聚餐，聽聽大家的分享。」陳媽媽笑說。

就這樣，我們滔滔不絕，很快便到了結帳離開的時間。陳小姐搶着要為我們付餐費，我們連忙婉拒，解釋這是義工守則其中一條——不能接受任何禮物及好意，最後陳小姐敵不過我們的堅持。眾人臨別之際，陳媽媽再次向大夥兒保證，自己願意盡快接受乳癌的手術。

然而，事情並非如此順利。

兩天後的黃昏，陳小姐再次致電「粉紅熱線」，告知我們媽媽欲改變主意。原本已約好了進行手術的日子，但陳媽媽突然頑強抗拒，於是「粉紅天使」團隊商量後，決定進行「計劃B」行動。

我們緊急相約75歲街坊婆婆和83歲馮婆婆一同出席聚會。在約定日前一天，卻收到陳小姐的來電。

「媽媽知道大家為了她的事情安排了很多事宜，就連83歲的老人家也願意出來為她打氣，她說實在太感動了，故決定回心轉意，同意明天進行乳癌手術。感謝S您們的熱心幫助，沒有您們，這事一定不會發生。」陳小姐再三言謝。

終於，陳媽媽順利完成手術，住院3天後，病理報告顯示為0期，不用化療及電療，如此好消息，實在令我們「粉紅天使」團隊非常興奮。其後，我每天保持與陳小姐WhatsApp聯絡，以便跟進陳媽媽的情況。

很幸運地，陳媽媽的康復進度較預期理想，而且很快便能回復正常生活，早上依舊以游泳作為其運動的一部分，下午則弄孫為樂，期間並沒有任何不適，見證了安享愉快晚年的好日子。

　　翌年的「粉紅天使」慈善晚宴中，陳氏母女共同出席，獲特別安排在年長姊妹的一圍中，陳媽媽與其他同年病友暢所欲言。

　　陳媽媽精神奕奕，與手術前沒兩樣，這一幕實在令人欣慰。其中一位病友問她手術辛苦嗎？她捉着我的手，搶着回答：「一點也不辛苦，真的要多謝Ｓ和大家！」

　　「身為醫生的我，亦未能說服母親去接受治療。慶幸我致電『粉紅熱線』，然後再有不同的『粉紅天使』出現幫忙，問題才迎刃而解，對我來說，您們的支持，實在受惠無窮，感激不盡！」陳小姐補充着。

　　這簡單的多謝，勝過千言萬語。能看見陳媽媽神態自若，沒有因為乳癌的洗禮而精神不振，那便是「粉紅天使」團隊的最佳禮物，因為這證明了我們的付出是值得的。

　　鼓勵了別人，成全了自己，是「粉紅天使」的最佳寫照。

　　陳醫生給「粉紅天使」的感謝說話：

　　粉紅天使：

　　媽媽的傷口痊癒得很快，是原位癌，感謝您們的義工和我媽媽吃飯，她常常提起您們。我希望可以多見您們，鼓勵我媽媽勇敢地生活下去！

知多一點點

在陳氏母女的個案中，成功公式：「計劃 A + 計劃 B = 打動陳媽媽」。

「粉紅天使」團隊為陳媽媽安排聚餐，過程有點繁複。我們一共打了 20 多個電話聯絡並四處張羅。例如：聯絡兩位年老康復者出席時，需要拜託及勞煩其家人。可幸是我們的努力，令陳媽媽深受感動，最後同意接受手術治療。看見圓滿的結局，即使辛苦，也是值得的。

乳健知識

化療小貼士

化療前

- 檢查牙齒
- 剃短頭髮
- 備假髮、頭巾、帽子及開胸衣服

化療中

- 少吃多餐，慢慢咀嚼，切勿過飽
- 忌辛辣、過熱食物，以避免嘔吐
- 多吃高蛋白質食物
- 飯後散步助消化
- 勤洗手，重衞生
- 家居保持清潔
- 人多處，易感染，避前往，若必要，戴口罩
- 體溫升至攝氏 38.5℃或以上，即求醫，莫遲疑
- 防止腹瀉或便秘，進食易消化食物、水果、多喝水及保健湯水
- 保持樂觀、開朗心態，多參與不同活動
- 與過來人傾訴，減低憂慮

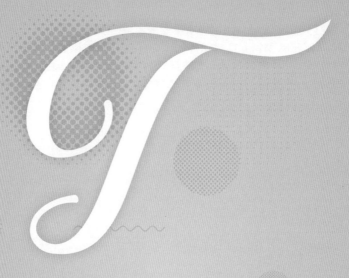

強強聯手
為事業型女性重拾健康

粉紅檔案配對 ⟨20⟩

粉紅天使T	高學歷、事業有成。是乳癌2期，曾做化療。
服務對象	事業型女強人Rachel，乳癌2期，東華醫院轉介個案。確診後需要做手術、化療及電療。期間出現問題：白血球指數過低及手部水腫。

2019 年 8 月，晴。

我的服務對象 Rachel，是由東華醫院轉介過來的乳癌患者，相比起其他人，她有與眾不同的一面。她高學歷、有自己的事業、同時管理家族生意，以及在大機構擔任策劃工作。她總是表現得很自豪、充滿自信，唯獨是對乳癌知識一竅不通，或許，在乳癌面前人人平等，無論多強的事業型女性，同樣會害怕與驚慌，其程度與常人無異。

Rachel 在 2019 年 2 月確診乳癌。一向把生活安排得井井有條的她，即使如何忙碌，也會抽時間做運動保持健康，但乳癌還是敲了她的門，令她難以接受。不過，很快地她接受了現實，並完成手術，然而手術後的她，心情卻沒有好轉過，無他，眼見同期的病友逐一出院，而自己的康復進度卻異常緩慢，歸根究底，全因是工作狂所致。她就算身體躺病床上，心裏卻總是記掛着事業多於健康，缺乏休養的她令身體更加疲累，在未完全康復之前，曾一度急於回到崗位中，令身邊人大感頭痛。

幸好，在接受化療前 Rachel 致電了「粉紅熱線」，才改變了她某些處事方法。我和她第一次溝通時，感覺她是位率直和健談的人，故此對話過程甚為愉快。她的記性很好，總能記下醫生說過的所有藥物英文名稱及專有名詞，之後便會致電與我研究，某種藥物的字詞甚麼意思？哪種藥物又有甚麼副作用⋯⋯等等。還有一次，她掛上電話後，立刻傳了兩篇字數不少的英文信予我，請教當中意思。看畢信件，我隨即錄音回覆重點事項。

「手術後其他姊妹很快便能拆引流，為甚麼我仍要繼續？」Rachel 有點不是味兒。

「可能您太急於做運動，血水比較多。」我解釋。

「另外，我還未收到病理報告！啊！我真害怕會掉頭髮呢！」Rachel 談起自己的最大憂慮。

「可以考慮買假髮呢！現今的假髮有 100% 真髮做的，套上後，別人看不出啊！」我想減輕她的心理壓力。

其後，Rachel 買了假髮，「換」了新髮型，立即給我傳送了漂亮照片。漸漸地，我們建立了友好的關係，互相信賴，無所不談。

到了第 1 次化療的日子，那次是我第 1 次與 Rachel 見面，除了我，還有一位同樣是擁有高學歷和自己事業的「粉紅天使」陪伴在旁，事實上，看一眼便知她是位超級聰明及醒目的女士，而她一見我，則滔滔不絕地問了很多問題，例如：「如何減少內心的憂慮？」、「化療對其他器官如心臟、腎等，有甚麼影響？」、「這個病是否能夠完全根治？」……，然後我們前往繳費處時，Rachel 又拿出一大疊文件，慌張地說：「到底哪一張文件是今天化療需要的資料？」事實上，Rachel 在接受化療之前，一直忙於處理工作，沒有為自己準備好心情，思緒亦未能即時平復，於是問題又是一大堆。

完成化療的第 2 天，我致電問候：「化療後的身體狀況如何？」

「有些辛苦、想嘔肚、胃口不佳和疲倦，很想睡覺。」Rachel 回覆。

「這些都是正常化療的副作用。」我請她放心。

「T，您當年接受化療時有沒有出現這些情況？」Rachel 問。我逐一回答，讓她安心。

數天後，Rachel 回復胃口，為了可快些康復，她沒有戒口，惟白血球指數回升得很慢，只有 0.3 度。

「白血球指數過低，有機會出現很多問題。您整天處理公務，休息時間不足，或者影響白血球指數。您還是乖乖留在家中多休息吧！」我勸說着。

「我每天必須處理眼前繁重的工作，加上又要整理報稅文件，否則就不能準時送往稅局。」Rachel 拒絕休息。「當年您化療時是否需要工作？」她接着問。

「當年我同樣需要處理報稅的事項，後來請同事把文件送到家中，我改為在家辦公，遇到精神好些時便工作，疲累時便回房休息，這樣的安排，總比一日到晚只管做好。您還是安心養病吧，性命最要緊呢！」我加緊勸導。

「化療期間，可以做哪些運動？」她不忘運動。

「數天後如沒有不適，可到樓下公園散步，這樣副作用會減少一點，胃口也會好一些。當然，要有足夠的休息，身體才會恢復得更快，緊記，吸收足夠蛋白質，才能如期打下一針化療藥物。不過留意，香港現時出現多宗麻疹個案，化療時抵抗力弱，外出時必須加倍小心。」我善意提醒。幸好，Rachel 終於「聽教」，答允在家辦公，減低受感染的機會。

經歷過無數風浪的 Rachel，大概沒想到自己在乳癌治療路上，亦面對着不同大小的難關。

　　曾經有一次，Rachel 的白血球數量過低，導致發燒入院，同步又發現傷口有血水滲出，結果需要留院一星期。住院期間，她情緒有點低落，總嚷着想早日出院，不想整天躺在床上百無聊賴。我只好不斷安慰，多休息、多進食、多飲水，放下工作，才能盡快出院。

　　第 4 次化療後，出現更令人懊惱的事情──Rachel 的親人入院了，這時候，三頭六臂的她，不但要照顧自己之餘，還要天天往醫院探望親人，而其他時間則還要兼顧排山倒海的工作。過程中，我只能加緊叮囑她出入醫院時要注意衛生，以確保健康：「女強人不易做，但記得先要照顧好自己啊。」

　　到了第 5 次，Rachel 白血球的數量再次不達標，事緣因前段時間太忙，導致休息不足，加上進食次數減少，故影響白血球數量，最後未能如期注射。

　　好不容易捱過化療一關，Rachel 卻要面對另一問題──手部水腫。由手術前 1.5 度升至手術後的 50 度，情況可算頗為嚴重。醫生轉介她前往物理治療中心接受治療，經過一輪改善，但仍未回落至正常水平。那時我再三勸說：「要把身體放在第一位，事業為次要，有了健康的身體，事業才能更上一層樓，反之身體有病，不但可以摧毀您的事業，還可以摧毀您的人生呢。」

　　最後，Rachel 終於完成了電療，風趣的她，還笑稱那被電黑的皮膚為「燒豬皮」、「燒鵝」、「乳豬」和「燒鴨皮」。問她電療會

否辛苦,她說過程不辛苦,但為了數分鐘的療程而需要一週來回醫院五次,那種浪費時間的感覺才最令人痛苦。

過去半年,我們有種「識英雄重英雄」的感覺。Rachel 總是把工作放在第一位,我呢?總不厭其煩地提醒她。面對「粉紅天使」的愛惜,她總愛說:「多謝您告訴我,多謝您提點我。」時間久了,開始懂得珍惜身邊人給予的愛。

知多一點點

「粉紅天使」換了身份,再次踏足「別人的」抗癌路,這其實並非易事。在照顧 Rachel 的時候,「粉紅天使」想起自己行過的每一步,好像似曾相識。兩人惺惺相惜、互相欣賞、彼此扶持,過程中盡是關懷、愛護及提點。「粉紅天使」盡心盡力,照顧好每一位受助者,衷心希望姊妹們能完成治療,盡快康復,繼續快樂人生。

乳健知識

常見的乳癌種類:

1. 原位乳管癌 (DCIS):癌症局限於乳管內而未擴散

2. 原位乳小葉癌 (LCIS):癌症局限於乳小葉內而未有擴散

3. 侵入性乳管癌 (IDC):癌細胞從乳管開始,穿透乳管壁,侵入乳房其他組織,甚至擴散至身體其他器官

4. 侵入性乳小葉癌 (ILC):癌細胞從乳小葉開始,擴散至身體其他器官

兵分兩路
助年輕姊妹完成艱巨化療路

粉紅檔案配對 (21)

粉紅天使 U （義工主任）	乳癌 2 期，接受 6 次化療，已康復多年。
服務對象	Fanny，30 多歲，HER2 型乳癌 2 期，接受 4 次化療。一家四口，丈夫沒空陪診。第 1 次化療時，感腰部疼痛、呼吸困難，被嚇怕，遂向「粉紅天使」求助。

2019 年 10 月，陰天。

Fanny 約 30 多歲，是 HER2 型乳癌 2 期患者，家中有 4 歲和 9 歲小孩，丈夫為生計忙碌。第 1 次化療時，Fanny 因另一半太忙而無人陪伴，獨自前往醫院接受治療。

在接受化療開始一分鐘後，Fanny 便突然覺得腰部疼痛、呼吸困難，隨即大聲叫喊和痛哭。在場的醫護人員也被她的叫聲嚇到，立刻跑過來終止繼續注射藥物。其後，護士安慰她及攙扶她往病房休息，而原本需要注射兩種藥物的她，結果只能完成一種，然後醫生讓 Fanny 先行離去。兩天後，Fanny 因發燒及肚痛再次入院，期間全身出疹，肝酵素上升，住了 10 天才康復出院。

首次覆診，醫生便告知 Fanny 下次會加強類固醇及防敏感藥物的劑量，而化療藥物則改為打紅針（AC），希望可減低敏感情況。就在她取預約期紙的接待處，看到我們的服務單張，於是致電求助，分享她第 1 針可怕的遭遇，同時告知翌日為再注射化療藥之期，希望我們能協助。

當時我心中盤算：明天便是了，情況可謂十萬火急，要安排哪位「粉紅天使」陪診呢？於是即時與義工主任商討，最終決定建立專案小組，跟進 Fanny 這個個案，原因有：一、Fanny 被第 1 次化療經驗嚇怕了，不敢獨個兒前往；二、作為年輕媽媽，她心理壓力特別大，擔心有甚麼不測，會影響整個家庭；三、她擔心沒有能力應付化療後各種副作用，及四、她缺乏化療知識，盲目在網上搜尋資料，可能從而產生更多恐懼。

「我們兵分兩路。首先，明天陪診任務交給兩位資深的『粉紅天使』，一位是身經百戰的；另一位則風趣幽默、處變不驚。」

義工主任笑説。第二步，開了 WhatsApp 支援小組，我帶領另外 3 位義工，在線上支援 Fanny。

翌日，陪診的兩位「粉紅天使」一早便到達屯門醫院。聽説，三人會面的過程甚是浪漫。當時醫院大堂內人來人往，Fanny 一眼便看見穿上制服的「粉紅天使」穿越人群，跑過去與她相認。如是者，三人閒談了一個多小時，在 Fanny 進入化療室的時候，護士問：「今天您好輕鬆哦，還笑笑口，是誰陪您來化療呢？」她大聲回答：「是『粉紅天使』陪我呀。」完成治療後，她擁抱了兩位「粉紅天使」説：「今天好開心，治療過程很順利。多得您們陪伴我，給了我信心，令我不再恐懼。」

化療後，我常常致電予 Fanny，問候她的近況，言談間，發現她有不停嘔吐的情況出現，嚴重至連喝少少水也未能成功。其後建議她回醫院注射止嘔針，卻因發燒要即時入院一晚。她情況好轉，會立刻在 WhatsApp 群組報告平安，讓大家安心。日復日，我們的 6 人支援小組很熱鬧，常常嘻嘻哈哈，聊着天，原因是：我帶領着組內三位「粉紅天使」各顯神通，全方位支援 Fanny，陪伴她完成艱巨的化療療程。

第一位 Abby 是位年輕媽媽，由受助人身份化身成「粉紅天使」，兩年半前確診乳癌，當時大女 3 歲，而幼子才一個多月大。她分享自己的治療心理歷程，與 Fanny 交換教導小孩的心得

及趣事，更把當年化療期間所「傳承」「粉紅天使」的獨家乳癌食譜給 Fanny 參考。

第二位義工 Bonny 是年長的「粉紅天使」，曾接受過標靶治療，現已康復了 10 多年。她像媽媽般引導着 Fanny，教其烹調簡單又高蛋白質的食物，更特地拍攝了一條 5 分鐘的短片，示範烹調雞胸肉汁，使 Fanny 深受感動。除此，日常更會噓寒問暖，每一句叮嚀，也令人窩心，像母親關懷女兒般。

第三位義工 Cathy 同樣較為年長，完成 8 次化療及 18 次標靶治療，現時身體健康狀態極佳，是羽毛球高手。一有時間，她便會教導 Fanny 做一些簡單運動，給予正面樂觀及希望，使其身體狀況能盡快康復。

「原本，我以為要孤零零走這條路，幸好有『粉紅天使』姐姐的出現，令這條路變得不一樣，我好感動，這就是人間的愛！」Fanny 時常向我提及，亦對我們表示了她深深的謝意。

就這樣，我們陪伴 Fanny 順利過渡了第 2、3 和 4 針，見證着她由崎嶇之路轉為順境。有一次，她一家四口前往海洋公園遊玩，整整一天，竟然沒覺疲累，只感到好滿足和好幸福。另外兩次，她的媽媽特意從大陸來港給予支持，照顧其起居飲食，因此 Fanny 多了時間休息，絕對有利其康復進度，媽媽這個窩心的安排，令她深受感動。後來，孝順的她不想媽媽擔心，故當「粉紅天使」陪診時，便特意介紹我們，並充滿信心稱道：「日後我完成化療後，亦會和『粉紅天使』姐姐一樣，擁有健康的身體。」此番話，減輕了媽媽對女兒患病的憂慮，而我們，也不知不覺成了她的健康榜樣。

母女相依為命
天使守護左右

粉紅檔案配對 (22)

粉紅天使 V | 資深義工。乳癌 3 期,曾做 8 次化療。

服務對象 | 芳芳 46 歲,乳癌 4 期,和母親住板間房。盆骨、膝蓋一度疼痛,乳房滲血嚴重。求診時,乳癌病毒已擴散,最後離世。

2018 年 1 月，陰天。

我在伊利沙伯醫院（QE）首次接觸芳芳與她的媽媽陳婆婆。當時，芳芳由黃大仙醫院的復康車轉送至 QE 進行化療，坐在化療椅上的她面色蒼白，看上去非常虛弱。今天才是第 1 次化療，為何身體會如此差勁？我甚為不解。

芳芳，46 歲，住在深水埗板間房，父親早逝，自小與母親相依為命。向來身體健康的她，一直從事工業大廈保安工作，從不早退、遲到或隨時請假，是位勤力及盡責的員工，除了放大假外，她準時上班。2017 年年初，芳芳感到乳房、盆骨和膝蓋有點痛楚，本以為是職業病，故沒有求診，還以為日子久了，情況便會自行改善，然而疼痛的感覺，隨着時間過去卻有增無減。

直至年中，盆骨和膝蓋的痛楚增加了，芳芳以成藥來止痛。後來乳房滲血，她懷疑是生瘡所致，故依舊沒有求醫，期間，她堅持從深水埗乘搭港鐵往荃灣工業區上班，然而盡責的她，眼見膝痛情況開始嚴重，以往 10 分鐘的步行路程，現在卻變成了 25 分鐘，故天天也提早出門以免遲到。同年年底痛楚加劇，乳房滲血情況更密。深怕失去工作的芳芳，仍然堅持上班，但步伐愈見緩慢，每天至少花 30 分鐘步行到公司。後來她怕遲到，最終以的士代步。

2018 年 1 月，芳芳感痛楚難耐，加上乳房不斷滲血，於是申請了一個月大假休息，盼身體狀況能有所改善，可惜事與願違，身體不但不能應付工作，工資還消耗在上下班乘的士費中，於是她決定辭職求醫。

就在快離職前的第 4 天，芳芳下班回家時，乳房突然大量出血，她心感不妙，於是用毛巾按着乳房，隨即乘車前往廣華醫院求診。醫護人員見狀，即時為她檢查傷口，怎知傷口一開，躺在急症室病床上的她，其乳房的鮮血大量噴往天花板，這一幕，連「見慣世面」的護士也被嚇了一跳，急急地召喚多位醫生施援，當醫生用力按着噴血的地方時，鮮血又從另一邊噴出來，射向旁邊的急救儀器。當時，芳芳以為自己必死無疑，只是朦朦朧朧看見多位醫護人員圍繞着她。

事實上她也不知道所謂的「小問題」——乳房生瘡，其實是乳癌的徵兆，而她亦沒向別人提及相關疑問，直至噴血一刻，才意識到自己大難臨頭。當晚，醫生為芳芳輸了血。第 2 天醒來後精神回復，吃了藥後痛楚減輕，其後接受了不同的檢查，證實了盆骨和膝蓋的痛楚並非職業病，而是乳癌擴散所致。

剛認識芳芳時，她很內向而且沉默寡言，言語間更有點冷漠。反之，陳婆婆則不停向我們查詢，如：女兒的病情是否很嚴重？是否可以醫治？生命可有危險？化療期間如何照顧女兒的飲食等問題。她愛女心切，那種害怕失去女兒的擔憂和恐懼，旁人也能深深感受。隨着時間過去，芳芳與我們接觸多了，感受到我們的愛心和關心，最終慢慢被感動，現在已跟我們無所不談。

芳芳知道自己病情嚴重，擔心自己離世後，年老的母親乏人照顧，於是接受醫生的治療建議，不抱怨而且積極面對；而陳婆婆也一直把女兒照顧得無微不至，她曾不止一次跟我說，願意以自己的壽命來換取女兒的生存機會，醫生們看在眼內無不被母女情深所感動！

我陪伴芳芳化療的過程，她一直沉着應戰，並聽從建議，多進食含有蛋白質的食物。她明白這場「戰爭」才剛剛開始，故必須有足夠的營養，才能讓身體強壯起來力敵惡魔。

　　「芳芳，只要堅持下去，相信可以找到合適的藥物，與病共存的！」我輕輕拍拍她的手，與她分享我多年義工的經驗，並送上關懷。

　　有一段時間，芳芳的病情曾經好轉，由最初乘坐復康巴士送院化療，再到其後自行乘坐的士，狀況最佳時，更能以支撐拐杖乘坐港鐵，然後轉乘小巴前往醫院。

　　「醫生說我的進度不錯，現在更可以自己步行，我真的覺得好幸福，如不是擔心港鐵太多人，我連拐杖也可以不用呢！」我緊緊擁抱着她，沿途為她加油，送上祝福。

　　這幾個月的陪伴，大家建立了如親人般的關係。有一次因癌細胞擴散至腦部，芳芳在家中不停嘔吐，連救護車的電話號碼也想不起來時，卻記着我的聯絡，來電問：「救護車應該打多少個9字？」——在她思路不清晰時，聽到我的聲音，她會示意跟從，這就是我倆之間的默契。

　　化療期間，芳芳因發燒多次入院，陳婆婆在醫院親自照顧，盡量不麻煩醫護人員。她每天早上6時起床往街市買菜，11時在醫院探望女兒、安排午餐及處理大、小二便等，下午2時離開回家煮飯，下午5時又準時回到醫院陪伴女兒，直至晚上9時才離開。日復日，直至女兒出院為止，陳婆婆愛女重於己，如果100分是滿分，她應該取得200分。

「我很後悔沒有及時求診，病到這樣的境況仍然堅持上班，現在一切為時已晚，沒有了健康，也沒有了經濟收入，我很擔心未來，應怎樣和母親繼續生活呢？」床上的芳芳細細聲地跟我提起她的憂慮。她辭工前的兩個月，上下班都從港鐵站乘搭的士前往公司，故花費不少，她每月的工資原本已不多，只夠餬口和交租，現在還加上醫療方面的支出，實在令財政問題雪上加霜，更何況現時已經沒有工作收入，銀行的積蓄亦所餘無幾，家中經濟陷入窘境中……。

陳婆婆為了省下乘搭小巴的車費，每天拖着殘舊的車仔，從港鐵站步行來回醫院兩次，看見老人家如此辛勞，我們一度擔憂她會積勞成疾。「芳芳最愛吃魚蛋粉，可惜我現在沒有能力買她一碗……」陳婆婆哀傷地說。

魚蛋粉不是昂貴的食物，但對他們來說卻是「奢侈品」！聽了陳婆婆這微小的渴望，我心中不忍，隨即向主席匯報二人情況。當時是2018年聖誕節，大家都忙着放假，但見事情緊急，團隊一致決定成立眾籌方案，為二人籌募生活費。在所有義工們一起出錢出力下，數天內竟然籌得數萬元的捐助，我隨即轉交給陳婆婆，讓母女二人渡過難關。

收到善款的早上，陳婆婆急不及待為芳芳買了一碗魚蛋粉作午餐。

「女兒很滿足，因吃了她最喜愛的食物，還說想多吃第二碗呢！」陳婆婆滿是安慰，不過卻喊停了女兒的要求。

「因為錢是『粉紅天使』捐贈給我們的生活費，一分一毫也要好好利用，絕不能浪費，要學習節衣縮食和知恩才成。」說到這她已淚流滿面，並常常感謝「粉紅天使」團隊雪中送炭。

後來，芳芳的癌細胞蔓延至腦部，神志模糊之餘，說話也愈來愈不清楚，情況時好時壞，令陳婆婆非常擔心。在芳芳心中，媽媽是她唯一的依靠和精神支柱：「我一定要撐下去，不然媽媽失去了我，恐怕承受不了這麼大的打擊。」芳芳內心很強頑，因為媽媽，從來沒有想過放棄的念頭，一直依靠藥物，努力堅持；而陳婆婆在醫院照顧女兒時，亦從不打擾醫護人員的工作，一切寧可親力親為。當然偶爾也會有點小埋怨，自說自話地道母女從沒做過壞事，為何上天要這樣安排！未能幫助女兒而自責之餘，還要接受別人的金錢捐助，令他們感到失禮和羞恥。我們在旁，能做的只有聆聽及鼓勵，但對她來說，已是人世間最大的溫暖。

「粉紅天使」團隊為芳芳提供了陪診、電話支援與探訪等援助，歷時約一年，日積月累下來的信任，令她們事無大小也向我們查詢。一天，芳芳向我問道：「醫院建議我轉往佛教醫院做紓緩，我很擔心他們放棄醫治我，我不想轉院。」

「芳芳，轉送往佛教醫院並不代表醫院放棄您或不醫治您，病人仍會按照預約的日期覆診，我曾去過佛教醫院探望病友，那裏的環境不錯，護士非常體貼和細心，所以不妨考慮轉院的安排。」我解釋着。「以您目前的情況，這可能是最好的安排，看您現在不

能行走，而且需要人照顧，回家又要行長長的樓梯，難道要陳婆婆背您回家不成？」我分析現時情況，最後她同意轉院。

後期，陳婆婆終捱出病來，怕把病毒傳染給女兒，故不敢再往醫院。因此，負責芳芳餵食的工作，就由我來代勞。記得有次芳芳吃了三分一碗白粥後，還把魚肉全部吃光，我正想讚她胃口不錯時，她卻突然把手伸向桌面，取起盛載藥物的圓形小杯子，原來她想吃完午餐後盡快把藥吃掉，眼見她的手不停地抖震但鬥志不減，我敬佩萬分，於是我急忙握着她的手，餵她進食藥物，以配合她希望盡快康復的心願。

某個星期六的早上，我們收到佛教醫院的通知：芳芳的身體突然變得虛弱，怕陳婆婆受不了打擊，故希望「粉紅天使」派員前來支援。翌日星期日早上10時，我們再次收到來電，於是我和另外兩位義工趕至醫院支援陳婆婆。

最後，芳芳敵不過病魔，在我們的陪伴下，安詳地離世。白頭人送黑頭人，目送與自己相依為命的女兒離開，陳婆婆是難以想像的沉痛。手續處理好，我們帶她前往醫院對面的公園閒聊，希望她能盡快平復心情，鼓勵她勇敢地活下去。

芳芳為了能陪伴母親活下去，甘願接受各種不同的治療方法，雖然，她離去了，但仍然希望媽媽能健康開心活下去！在她還有意識時，便早早叮囑媽媽三件事：

第一：過馬路時必須看清楚路面，不要像以往般大意。(陳婆婆有青光眼，只有一隻眼睛可以看到事物。這個看似簡單的叮囑，已盛載着濃濃的愛。)

　　第二：在我離世以後，要學習像舅父般堅強，勇敢地活下去。（自己離開了，擔心母親孤伶伶，更害怕她會有輕生念頭；同步又擔心母親因傷心而長期流淚，會影響她唯一一只還可以看得見的眼睛。）

　　第三：要感謝醫護人員，未曾放棄我。他們盡心盡力地照顧我，使我的壽命得以延續。我離世後，可向傳媒分享我的故事，讓更多人知道，有病要及早治療，千萬不可畏疾忌醫。我要感謝黃大仙醫院、伊利沙伯醫院、廣華醫院、佛教醫院和所有照顧過我的醫護人員，當然還有「全球華人乳癌組織聯盟」的主席及「粉紅天使」團隊，這群不收分毫、無私奉獻的義工們，感恩有她們全心全意的支援，讓我感動不已。（芳芳生前曾對陳婆婆説：「這個世界上原來有那麼多不問回報的好人，應該讓更多人知道『粉紅天使』陪診服務，他們無私地付出時間、金錢和愛心來協助同路人，實在是偉大的奉獻。）

知多一點點

「粉紅天使」在服務對象的身上，看見了不少優良品德。在這母女身上，我們看到了：堅持。二人遇到危疾時，勇敢向前，即使受到痛苦及折磨，仍然盼望奇蹟出現。

芳芳就算在臨終前兩日，依然沒放棄，主動取藥進食，為媽媽活下去；芳芳離去後，陳婆婆拒絕接受我們送上的帛金，稱自己已經受了一次很大的恩惠，她有足夠的金錢過日子。

看着她們的故事，我們像閱讀了一篇母慈女孝的文章，情深而感動。

W

無懼遺傳性乳癌
年輕孕媽打勝仗

粉紅檔案配對	**23**
粉紅天使 W	確診乳癌時，兒子兩歲。曾做化療及電療。
服務對象	年輕媽媽 Ellen，患（BRCA）基因突變的遺傳性乳癌，先是做切除手術、6 次化療及 15 次電療，其後要切除卵巢和另一邊乳房。

2017 年 9 月，晴。

對大部分已婚女士來説，生兒育女是她們所盼望的喜事，但對這位年輕媽媽 Ellen 來説，卻感悲喜交集！

Ellen 已有一名 3 歲女兒，發現乳房有硬塊時，肚內剛懷了第二胎 7 個月的寶寶，檢查時醫生説，決定待寶寶出世後才處理。

不久，寶寶出世了，醫生隨即為 Ellen 安排超聲波檢查及抽組織化驗。一個月後報告證實患上乳癌，須要進行手術，還要接受 6 次化療及 15 次電療。Ellen 頓時感到晴天霹靂，情緒差點崩潰，一度更質疑醫生「斷錯症」！事實上，是她不想相信，因為兒子剛滿月，但自己卻患上如此嚴重病症，那刻，實在有點失去理性。

由於 Ellen 對乳癌缺乏認知，故此恐懼不期而生。她發瘋般地在網上蒐集資料，希望從中瞭解關於醫治方法和化療副作用……等。偶然在一位醫生的網站中，發現我們的服務簡介，於是立即致電「粉紅熱線」。

「我大難臨頭了……」Ellen 在電話一邊大叫，她已一口認定乳癌是不治之症。

「不是的，這個病沒有您想像中那麼嚴重，乳癌是可以治癒的。」我向她解釋現時科學昌明，很多乳癌患者可以完全康復，Ellen 的悲觀情緒才稍為降溫，頓感曙光初現。

「我的丈夫要上班和照顧年幼子女，化療完成後，我自己能回家嗎？面對這麼多的副作用，我會過關嗎？」Ellen 擔心着，而她對化療的恐懼，源自一張 A4 紙──列出了所有化療副作用的清單。

「不用怕,那只是部分副作用,不會所有都出現的!」我勸她放心。

「我好擔心化療脫髮的問題,因為我害怕鄰居們知道我有病,會歧視我的子女。」對比自己的儀容,她更擔心影響子女。

我隨即與她分享假髮資訊:「坊間有很多賣假髮的地方,更有真髮製成的假髮,而且髮型也可修剪如您本來的

模樣,看起來很自然,鄰居們肯定不會察覺到的。」

「真的嗎?」她聽了非常高興,後來我特意帶了一頂新的假髮給她看。

Ellen 與我分享她寶貝的相片。相中 3 歲的女兒皮膚白滑、眼睛圓滾滾的,穿着漂亮的衣服,甚是可愛;而剛出世的小寶寶,則倚在媽媽的抱懷中微笑着,柔嫩臉龐惹人憐愛。相片融化了我的心,我完全感受到這位年輕媽媽對孩子的愛。

兩個星期後,Ellen 進行第 1 次化療,首先是抽血及見醫生。義工主任特意安排了我及其他 5 位年輕義工與她見面。我們 6 人

有一個共同點，都是在「年輕媽媽」階段時確診乳癌。我們成功走過化療路，故相信可以成為 Ellen 的榜樣，透過我們的分享，希望她能知道並非孤單一人，只要積極面對疾病，康復後一定可以繼續陪伴子女成長。

化療後，Ellen 對着我說：「您可以完成化療，我都可以的！有您們一群『粉紅天使』在身旁，我不再恐懼了！」Ellen 感到同路人的支持，而且也懂得放開心扉。

可是，Ellen 打了第 1 針後，卻因白血球過低而須入院。她的丈夫因要照顧年幼的子女未能探望，照顧她的責任，落了在我身上。除了每天透過電話鼓勵外，我也盡量抽空到醫院探望和陪伴，讓她感到溫暖，減低寂寞感。

「我出院看似無期，又怕丈夫不懂得照顧寶寶。」病床上的 Ellen 泣不成聲，而且感到非常無助。

「Ellen，放心，很快您便可以出院的，要提升自己的白血球指數，記得多吃高蛋白質的食物，例如：奶類、牛肉湯和雞蛋……等等。如口腔有痱滋，可以吃軟身的香蕉，那樣才能有足夠的營養，打敗病魔。」我提議着。一個星期後，Ellen 終於可以出院了。她手部吊上抗生素藥物，暫時不能有太大的動作，我們數位「粉紅天使」共同協助她辦理出院手續，一位前往繳費處繳費、另一位則去買營養奶粉，至於我，則替她執拾行裝，大家分工合作，令 Ellen 大為感動。

Ellen 白血球指數回升得很緩慢，原本三個星期 1 次的化療，最後需要延遲一星期才可進行。醫生告知因為剛剛分娩，她身體仍未完全恢復，所以復原速度較慢，後來，她的丈夫更辭掉工

作，專心照顧家人，而我，則在 Ellen 接受治療時，陪伴及護送她。不幸中之大幸是，她的化療副作用不算多，除了開首 4 天食慾較低並容易感覺疲累外，她休息了一星期後，便能如往常般送女兒上學。

到了第 4 次，Ellen 要轉打 TC 針藥，在接受針藥的前一星期，她再次感到擔心及害怕。我講述了自己注射這類型針藥的心得和當中的副作用，希望她能放心進行。

「今次，我的嘴內長了痱滋，但沒有第 1 針化療時那麼痛。第 4 次，胃口好一點，但人比較疲累。我的頸部和肩膀很不舒服，同時要打白血球提升針，令我有些骨痛。」相處久了，Ellen 已把我當成亦師亦友，無論任何反應，也會告訴我最新情況。

事實上，每天均要前往健康院注射白血球針，令 Ellen 有點勞累，幸而唯一感恩的是——她能夠推着嬰兒車，慢步前往。

「我像常人般行動自如！我此刻是一個媽媽，不像一個正接受化療的病人，街坊也看不出呢！」她掩不住快樂。

最後 1 次化療時，Ellen 感冒了，感覺特別辛苦，幸好兩天後好轉。「完成所有化療後，像解決了人生最大難題。回想當初，既憂慮副作用的嚴重性，又擔心不能捱過，心中萬分恐懼，到現在終於走過了！」她感恩道。

「還有脫髮的擔憂。」我笑着提示 Ellen。脫髮，曾是她最怕的副作用之一，待新髮長出前，她要戴着假髮出門，亦常常擔心會掉下，所以會再戴上帽子。

「有一次，我與
女兒一起出門。外面
風很大，她很大聲地
叫我抓緊假髮，當時
我非常尷尬，立即示
意她小聲點。」Ellen
回憶起往事。「雖然
女兒只有3歲，但很
懂事。我常常問她
『媽媽沒頭髮是不是
很難看啊？』她會立
刻抱着我，再親一

下，說：『媽媽好靚啊！』令我十分開心。」她窩心分享，藏不住
笑意。

完成一關後，是時候準備接受電療一關。我告知 Ellen 我的電
療經驗，分享有關飲食和皮膚護理的資訊。她合共要做 15 次的
電療，幸一切都很順利，只是膚色變得有點紅黑，不過經驗告訴
我，過一段時間後，便會回復正常。

然而，一波剛平，另一波又浪起……

所有療程完結後，醫生建議 Ellen 接受基因測試，怎知報告的
結果，證實她患上 BRCA 基因突變遺傳性乳癌，為安全起見，必
須切除卵巢和另一邊乳房。聽到「基因突變」4 個字，Ellen 已變
得異常恐懼，而且方寸大亂，一時間難以下決定，於是我們建議
她多請教其他醫生，聽取意見。

知道 Ellen 心亂如麻，所以聽取第 2 份意見當天，連我共 3 位「粉紅天使」「出動」幫忙。因 Ellen 丈夫要上班，故其中一位粉紅天使充當超級保母，負責照顧寶寶，而我和另一位粉紅天使，則陪伴 Ellen 見醫生。如此安排，令她喜出望外，頓感非常安心。

　　「其實做手術和不做手術最大分別是甚麼？如不做的話復發的機率會上升嗎？」Ellen 向醫生查問。

　　「既然是基因突變，進行手術比較安全，正所謂防範於未然。」醫生一邊看着她的報告，一邊認真地回答道。

　　2018 年 12 月，Ellen 決定切除另一邊乳房及卵巢。就這樣，所有難關均被她一一解決。自確診乳癌後，她決定接受手術，配合化療及電療，又發現因遺傳基因突變，必須再做雙重切除手術……，在這麼短時間內能克服這麼多的打擊，對任何人來說絕非容易的事，但 Ellen 做到了。她曾堅定地說：「只要一天還有醫治的方法，我一定不會放棄，我要聽從醫生建議，接受療程，謝絕復發。」堅決生存下來的唯一原因，就是能照顧和陪伴子女成長，其他的犧牲，Ellen 在所不計。在陪診過程中，她從不抱怨，我們很高興能陪伴她面對一關又一關，給予她更多的支持！

　　至於 Ellen 的另一半，雖然治療期間未能陪伴左右，但對她愛護有加。無論是照顧子女還是料理家務，他都一一安排妥當，絕對是位超級好丈夫、好爸爸！猶記得有一次，我們建議 Ellen 多喝牛肉湯以增加紅血球，於是他便每個星期跑到老遠的街市，買一大袋最新鮮牛肉來煮湯。治療期間，雖然沒有聽過他向妻子甜言蜜語的安慰，但他卻以實際的行動來表達了心中的愛意，以便讓太太能安心戰勝這場仗，他只懂向太太說老實話：「一定會復原，沒事的，放心吧！」簡簡單單，但愛卻濃得化不開。

　　Ellen 曾憂慮身體的外在變化會影響二人的感情生活。幸好丈夫非常體諒，不但欣賞她的內在美、持家有道及用心教導子女的一面，還發現二人想法很一致——生命比外表更為重要，所以患難後，他們仍能像以往般生活，放鬆心情地開心過好每一天，對此，Ellen 十分感恩。

　　「真的要跟各位粉紅天使衷心說聲：非常感謝。在您們各位的細心照料下，如沒有您們的熱情陪伴，我真不懂怎樣繼續向前行，也不能那麼輕鬆面對。說句不應說的話，其實每次您們陪伴我打針後，我便很期待下次見面的機會，因為每次見面大家都聊得很開心，而且常常愈說愈大聲，甚至忘記了今天是打仗的化療日子呢！」Ellen 多次提及，「粉紅天使」就如自己的親人，如果當初沒有「粉紅天使」的幫忙、關心及鼓勵，相信她仍活在恐懼、沒有信心的生活中，無法獨自完成這條治療路。

知多一點點

「粉紅天使」當中有不少年輕媽媽，她們能夠成功跨過難關，除了有我們的陪伴，最重要的，是靠那份偉大的母愛。她們拚盡全力對抗癌魔，無非是希望能回復健康，照顧最愛的寶寶。

在 Ellen 身上，我們看到了同樣的母愛。2019 年 9 月，當年剛出生的小孩現在已兩歲多，更開始上學了。她享受照顧孩子的樂趣，常常分享「湊仔經」。Ellen 很有人緣，時常笑容滿面，因此獲得多位「粉紅天使」厚愛，並成為知己好友。她亦是一位廚藝高手，常常分享自己得意傑作到群組中，令人食指大動。現時，Ellen 已加入「粉紅天使」的大家庭，與新患病的年輕媽媽同行，一起走過化療路。

愛漂亮的 Ericka
癒後依然活得精彩

粉紅檔案配對 (24)

粉紅天使 X	性格樂觀，樂於助人，乳癌 2 期 HER2 陽性，現已康復 4 年。
服務對象	Ericka，年輕愛美，確診時 2 期、HER2 陽性。需手術、化療、電療及標靶治。對乳癌不認識，故確診後感到非常慌張及徬徨，需同路人支援。

2022 年 12 月，陰。

粉紅熱線收到 Ericka 的求助，聽筒中的義工細心聆聽，知悉年僅 45 歲的她剛確診乳癌，內心陷入迷茫和無助。絕望中，在網上找到粉紅天使的熱線電話，成為她黑暗中的一束曙光。

當時，Ericka 正沉浸在親妹即將出嫁的喜悅中，卻意外得知自己患上乳癌，這無疑是一個沉重的打擊！面對突如其來的噩耗，她的世界彷彿像崩塌般，心情跌入谷底深淵，淚水無法停下。

回想當日在更衣室換替衣服準備出門時，不經意地摸到左邊乳房有硬塊凸起，心裏覺得很奇怪，翌日便立刻前往診所作身體檢查，醫生安排 Ericka 首先進行超聲波檢查，之後再抽取乳房組織送往化驗。數天後，接獲診所姑娘的電話，說報告已經收到，請她盡快來診所。Ericka 聽後深知不妙，於是立即到診所，在醫生的講解下，Ericka 聽到了那個令人心碎的消息！當時的她，實在無法想像癌症竟然降臨到自己身上。那一刻，她感到無比徬徨無助，腦海一片空白，眼淚不斷流出，只懂呆呆站在診所門口，彷彿就站在了人生的十字路口般，不知何去何從。

回家途中更忍不住告訴最愛錫自己的媽媽，媽媽很冷靜地，第一句說道:「不用慌張，總有解決嘅方法!」，就是簡單的一句，給了 Ericka 心靈上最需要的鼓勵。在媽媽和丈夫的支持下，Ericka 不但沒有放棄自己，而且更積極面對治療。

　　第二日，Ericka 立即再約見外科醫生，進一步瞭解自己病情及治療方案。醫生告訴她，由於腫瘤體積較大約 2.5cm，屬二期乳癌，此外，還發現另一顆體積雖然較細小，但由於兩者均屬於比較惡性的癌細胞，建議進行左乳全切手術並輔以化療。對於一個愛美的女性來說，胸部是突顯女性美態的一個重要元素，這建議無疑是一個巨大的打擊!況且 Ericka 是個超級愛扮靚的美人，失去一邊乳房實在令她很難接受……，醫生見狀，隨時語重心長解說道，全切手術是治療的最佳方法，因為如局部切除，復發機會率甚高!

　　Ericka 聽完專業的意見後，心情還是忐忑不安，粉紅天使收到此消息後，便第一時間安排 Ericka 參與特別為 0 至 3 期乳癌姊妹提供服務的「粉紅聊天室」，讓她知道在這條治療路上，其實並不孤單，聊天室內有 20 多位同路人一起互相鼓勵，

又有病情與她相近，正在接受相似治療的病友，分享面對治療選
擇的心路歷程及如何面對的經歷。在這個親切的環境中，Ericka
可以把憂慮盡情說出來，並且與同路人分享，好讓她不用把擔心
困在心裏，繼而不斷發酵。事實上，知道粉紅義工們原來也是同
路人，康復後還有能力成為義工，幫助其他朋友，令她在治療路
上感到更踏實，最後，由徬徨變得積極。

考慮了一個晚上後，Ericka 想到沒有什麼比健康和生命更重
要，因為自己還要好好活下去，看着兩位女兒長大，最後她決定
聽從醫生定專業意見，切除左邊乳房並即時進行重建手術。手術
安排在親妹結婚翌日進行，過程很順利，而且康復進度很理想，
連醫生都不禁讚她「叻女」。

在手術過程中，Ericka 如其他患者般，需要抽取組織化驗，結
果 Ericka 屬於 HER2 型乳癌，即需要繼續接受化療及標靶治療。
知道自己屬 HER2 型，Ericka 感到非常焦慮，心情再次沉重，因為

她知道，HER2 型的癌細胞，比起其他類型生長較快及較「惡」，所以感到非常擔憂和悵惘。

　　粉紅天使此時再次出動，除了在每星期的「粉紅聊天室」內陪伴 Ericka，紓緩她的負面情緒外，又特別配對一位病歷與她相近的義工作全面支援，粉紅天使之前行過的治療路，正正是 Ericka 現時需要面對的路，看著對方勇敢的面對，令她更有信心克服難關；而在治療路上有人結伴同行，令她不再孤軍作戰，可以放鬆心情樂觀面對一切困難。雖然治療過程並不容易，化療後又出現很多副作用，例如：頭髮脫掉、肚瀉及胃口轉差⋯⋯等，慶幸總算關關難過關關過。每次前往醫院化療時，Ericka 仍然都會悉心打扮，不會因為患病而令自己心情變壞，相反，她認為扮靚可以令

自己更加開心，所以每次往醫院治療時，護士們均會讚她漂亮動人，而且在眾多病人中，還會記得她的名字，令她感覺特別窩心，對她來說，是一份無形的鼓勵。

　　完成 4 次化療後，Ericka 休息了差不多兩個月後便回復狀態，繼續返回職場投入她的秘書工作。上司和同事們對她十分支持及鼓勵，令 Ericka 在病後重投工作崗位時，不但沒有感到壓力，而且更珍惜同事之間的相處。

今年一月 Ericka 終於順利完成包括 18 次標靶的所有治療，漂漂亮亮打勝了這場硬仗，以樂觀的心態面對生活，重新出發。

粉紅天使的任務，就是在逆境中給予病友正能量，支援他們面對癌症，令病友在治療路上可以變得更堅強。治療過程中，粉紅天使們成為了 Ericka 的堅強後盾，天使的無私助人及積極樂觀的態度，令 Ericka 既敬佩又感動，於是她康復後，便決定參加培訓成為粉紅天使義工，希望以自己的經歷，鼓勵更多同病相憐的姐妹們，勇敢面對乳癌的挑戰。她希望自己的親身故事，能夠傳遞給更多朋友，讓他們明白，在面對乳癌時，不需要恐懼，只要舉手求助，總有一位粉紅天使在你身邊出現，與你並肩同行，助你走出困境。

知多一點點

很多姊妹們自從知道自己患上乳癌後，不但情緒受到影響，連外表也無心理會。事實上，乳癌治療過程中的身心健康同樣重要。適當的外表管理和自我關懷，可以幫助提升患者的自信心，並且對康復有莫大的幫助。

保持良好的個人衛生，選擇舒適合身的衣物，並且定期進行皮膚護理，均可以幫助患者感到更加舒適和自信的方式。此外，適度的運動和均衡的飲食，也能夠幫助提升身心健康，增強免疫力。因此，即使在面對乳癌的治療過程中，姊妹們也應該重視自己的外表管理和身心健康，讓自己在戰鬥中保持最佳狀態。

焦慮媽媽打低壞情緒
根治 4 期乳癌

粉紅檔案配對　(25)

粉紅天使 Y　│　6 次化療（6TAC），曾做重建手術。

服務對象　│　甘媽媽，年約 65 至 70 歲。乳癌 4 期，做了全乳切除手術，部分腋下的淋巴也受到感染，須做 6 次化療（6TC）及 18 次標靶治療。

2018 年 11 月 7 日，陰。

甘小姐致電「粉紅熱線」，詢問陪診服務的內容，得知服務免費後，便把母親的情況告知。

「爸爸在我小學時病逝，媽媽獨自承受着巨大壓力，一手把我撫養成人。她勞勞碌碌工作，受盡他人白眼，為的只是兩餐一宿，以儲錢讓我好好讀書。長年累月的辛勞加上心中滿腹鬱結，常常為明天的事情擔心憂慮，最終還患上焦慮症。」甘小姐敘述着。

除了焦慮症，甘媽媽更確診了乳癌 4 期。

「2018 年 7 月，媽媽在大陸完成全乳切除手術，有部分腋下淋巴受感染，病理報告顯示需進行標靶治療，但因費用昂貴，所以我把媽媽接回香港治療。」回港後，甘小姐聽從醫生建議，帶甘媽媽做了正電子掃描，事後報告顯示，癌細胞已擴散至淋巴和肝臟，屬於第 4 期癌症，必須接受化療。

「我很無助，如何是好？媽媽會康復嗎？」面對媽媽的病情，甘小姐束手無策，非常憂慮。

甘小姐已婚，育有一名幼兒，與丈夫二人要上班，晚上又要照顧小孩，因此未能每次請假陪伴母親接受化療。而母女倆對於乳癌、標靶、化療，以及藥物副作用……等等，有關知識非常薄弱。

「Ｙ，我實在不能請假，可請您們額外幫忙嗎？除陪伴化療外，能陪媽媽覆診嗎？她有焦慮症，根本接收不到醫生的建議。」甘小姐請求着。團隊理解了她的情況後，知道她愛母深切，卻因工作未能陪同而極為自責，於是我們開會後，決定答應這項「特別任務」。

於是，我、甘媽媽及其女婿，三人在瑪麗醫院見面。甘媽媽年約 65 至 70 歲，說話帶有鄉音，詢問之下真巧合，原來她與我的父母都是新會人，因而我也略懂一點新會話，甘媽媽知道我聽得懂，顯得份外高興，於是，我們展開了一段與別不同的對話。

「丈夫早逝，我獨力撫養女兒，自己有病又太多憂慮，故此患上焦慮症。幸好女兒非常懂事和獨立，十多歲便獨自在港讀書和生活，畢業後更努力工作，現在還組織小家庭。」甘媽媽簡單地總結了坎坷一生，同時又為女兒孝順生性而感到欣慰。

我們一問一答，說話中感覺不到焦慮症的症狀，但突然間，甘媽媽左顧右盼，原來發現女婿不在視線範圍內，故此顯得不安和焦急，不停地問道：「女婿去了哪裏？」

「因教授樓座位較少，故此他好心地讓位給有需要的病友，其實女婿只是站在我們的後面。」我回應道，甘媽媽於是轉過頭，看見女婿後，心情才稍為平靜。

此時，顯示屏彈出「103 號」籌號，甘媽媽看着手中自己的「101 號」，即時擔憂地說：「是否我們傾談時錯過了號碼？」

「顯示屏上的號碼並非順次序的。」我安撫着她。甘媽媽聽後平靜了一會兒，不說話。

過了一陣子，輪到「108 號。」

「真的過了我們的號碼啊！見不到醫生了！要不要打電話給女兒？」她開始顯得異常焦慮，然後自言自語。

我取了她的籌號紙向護士查詢，確定籌號未過後，甘媽媽才定下心來。

「130號」——甘媽媽的焦慮又來了:「為甚麼仍未到101號?肯定過了!肯定過了!為何聽不到叫101號,醫生不看我了,我要打電話給女兒!」

為令甘媽媽安心,於是我再次與她一起向護士查問,護士察覺甘媽媽的怪異神情,於是安撫說:「還未到101號,請您們耐心等候。」

不久,終於輪到我們了。此時女婿卻不見了蹤影,於是我先陪同甘媽媽進入診症室。她隨即拿起電話,不停喃喃自語地道:「女婿不聽我的電話,女婿不聽我的電話!我找不到女婿,我要打電話給女兒,要她過來醫院陪我。」

看着她的反應,我立即拿起自己的手機,打了「她有焦慮症」5個字給坐在對面的醫生看,閱後,醫生很「醒目」地配合了我們的安排。

「不如我們先離開診症室,女婿聯絡好後,我們再回來見醫生好嗎?」我提議着。

「是啊,不用心急,晚些再來也可以啊,我等您。」醫生溫柔地道。

於是我帶同甘媽媽步出診症室,但此時我卻發現,原來她一直只是把電話放在耳上,然後喃喃自語,但從來沒有撥出過號碼……試問怎能聯絡上女婿?

「不如把手機交給我,由我打給女婿,好嗎?」我說。甘媽媽不發一言,只懂把手機默默地遞給我,電話終於聯絡上了,原來女婿上了洗手間,故未聽到籌號。

等女婿回來，我們三人再進次入診症室。由於知悉病人有焦慮症，故醫生特寫上療程方案：6針化療（6TC）及標靶藥。甘媽媽知悉後不發一言，但女婿則認真地重複問道：「媽媽是否能痊癒？標靶和化療有用嗎？療程是否很辛苦？」

完診後，我把醫生剛才的建議複述一遍，然後再致電告知甘小姐。我拍拍甘媽媽的手背說：「不用太擔心，看您多幸福，有女兒、女婿和我陪伴您。」此時甘媽媽的眉頭才稍為放鬆，然後點頭露出放心的微笑。

回到活動中心，我把第一次與甘媽媽覆診的情況告知團隊，經商討後，義工主任決定多派一位曾在瑪麗醫院完成化療、熟悉該院化療程序及醫護人員、處事淡定的「粉紅天使」YA，與我一起陪同甘媽媽進行第1次化療，同步亦聯絡甘小姐我們的新安排，好讓她能專注工作。

同年12月20日，上午9時，我們相約在瑪麗醫院。甘媽媽那天精神爽利，其後我們三人更閒話家常，氣氛輕鬆。

直至量度血壓時，甘媽媽的焦慮情況又開始出現。由於右手之前曾動手術，而左手則種了痘，故此兩邊手臂也不能量度血壓，醫護人員見狀，唯有改為以腿部量度。

「量度腿部血壓一定會超過200度的！」甘媽媽開始驚慌，果然不出她所料，第一次血壓高達220度。醫護人員於是讓她先好好休息，然後稍後再試。15分鐘後，再次量度後，指數仍然維持在200度的水平，此時的她再度緊張起來，嚷着要打電話給女兒，並請她帶血壓藥來醫院讓她服食，然後又繼續自言自語道：

「根本不應量度腿部，因為量度腿部是會令血壓飆升的，一早便應該量度手部才合格！」

她機關槍式的埋怨，令 YA 終於體會到焦慮症的厲害，但向來淡定的她，此時卻平靜地開解道：「這裏是醫院，放心，甚麼藥也有，我們不如來試做數次深呼吸，腦海中甚麼也不用想，現在，只要合上眼睛休息一會，放鬆再放鬆。」

她隨後通知了護士：「葉女士（甘媽媽）患有焦慮症，我擔心若繼續以腿部量度血壓，有可能會增加她的恐懼。」

「我血壓那麼高，是否打不到化療？不做化療會有甚麼後果？我好怕！我好怕！我要叫女兒把血壓藥送來！」甘媽媽的焦慮情緒有增無減。

就在此時，護士長推門而進並走到甘媽媽身旁，着她無須緊張，然後溫柔地拿出一部手部量血壓儀器。「您先休息一下，稍後我用它來幫您在手部量度血壓。」説畢，護士長把儀器放在一旁。

我對 YA 微笑示意，多得她與化療室的護士們熟稔，才能解決甘媽媽的問題。因為有好的安排，終於再量度血壓時，指數下降至 150 度，終於可以注射化療針了。她高興得馬上捉着護士長的手，然後追問道：「可否每次也由您來幫我量血壓？」護士長笑着説：「我們每位護士都很好的，您不用緊張，冷靜可解決事情。」

一段時間後，甘小姐匆匆忙忙趕到醫院，手上更拿着血壓藥。甘媽媽見到心愛的女兒，於是又緊張地叮囑道：「我下次要先吃了血壓藥才來治療，那就不用在腿部量度血壓了。」就這樣，擾攘了兩個多小時，甘媽媽終於進入了化療室。

治療完成後，甘小姐陪媽媽回到家中，便立刻 WhatsApp 告知化療順利，並感謝我們的幫忙。「多留意媽媽打針後的副作用和反應，如有不明白的地方，可以致電熱線查詢。」我溫馨提示她。

兩天後，甘媽媽感到渾身骨痛和頭暈，甘小姐致電瞭解這是否化療副作用？於是我分享了自己的經驗，讓她知道如何處理。

「是否每次化療都會出現同樣的副作用？」甘小姐很是擔心，因她孝順母親，如母親有任何不適及副作用，女兒第一時間會查詢。

「每次的副作用都不同的。甘媽媽的骨痛問題，醫生已開了止痛藥，只要按時服藥，情況便會有所改善，而此種情況，通常也不會持續很久的。」我補充道，即使聖誕期間，甘小姐也會不時聯絡告知媽媽精神及胃口均不錯，讓我們放心。

後來甘媽媽的白血球數量過低，不能準時注射第 2 針化療藥物，更需要延遲一星期。注射第 2 針兩日後的早上，甘小姐來電告知，指媽媽小便有血，我請她立刻帶媽媽前往瑪麗醫院急症室，最後檢查結果是因發炎所致，需要服用抗生素改善情況。其後，甘媽媽情況好轉，但甘小姐依然憂慮。

「不用想太多，要保持正面思考，今次的感染情況已受控，回想第 1 次化療的骨痛情況，今次不是已經輕微很多嗎？」我安慰她道。

感恩的是，第 3 次化療時，甘媽媽副作用已逐漸減少；到了第 4 次化療時，只餘下骨痛和便秘。

2019 年 4 月 9 日，到了第 6 次化療，我們再次相見時，感覺如他鄉遇故知，彼此不停問候。甘媽媽得意地說：「我早上已服了血壓藥，又特意早些來靜靜坐下，有信心量血壓一定合格！」到了量血壓時，我站在遠方與她對望，好讓她能放鬆心情。量度完畢後她走到我面前，露出「勝利」的微笑！

但每當談到療程，甘媽媽還是很焦慮。「要有信心，全然交託給神！很多問題連醫生也解答不了時，只有神才可以讓謎底解開！」我知道她是個有信仰的人。

她安然說：「明白！」

最後 1 次化療前，甘媽媽高興地說：「完成後，一定要找『粉紅天使』團隊出來一起喝茶，以示感謝！」

「多謝！感恩一切相遇相知，能幫助他人，是我們的福氣呢！」我微笑回應。

甘媽媽完成了 6 次化療，餘下 12 次標靶治療，我們和甘小姐都懷着感恩的心，祈望一切順利。2019 年 4 月 18 日傳來了好消息。甘媽媽的癌指數神奇地回落至正常水平。2019 年 5 月 21 日再次傳來的喜訊：甘媽媽體內那擴散到重要器官的癌細胞，已經全部消失了！

看着這段喜訊，我除了欣喜外，即時把粉紅戰衣再次披上，因為我們身邊，還有很多病友需要我們的支持呢！粉紅戰衣，我的好戰友，來吧，一起為更多人帶來正能量！

無懼復發
「旅者」勇往直前

粉紅檔案配對 26

粉紅天使 Z	乳癌 2 期，曾做化療、電療及荷爾蒙治療。
服務對象	Vivian，乳癌 2 期、熱心參與義務的工作，幫助化療中的同路人。丈夫離世後發現乳癌復發及有轉移的跡象，癌細胞擴散至骨骼 3 個不同地方。一度意志消沈，其女兒向「粉紅天使」求助。

2009 年 8 月，晴。

我們認識了一位乳癌 2 期的康復者 Vivian，她熱心參與義務的工作，幫助化療中的同路人，大家叫她 Vivian 姐姐。2014 年中，Vivian 的丈夫身體不適，經檢查，證實心臟衰竭，整整一年不停進出醫院。她把所有精神和體力投放在丈夫身上，希望在有生之年能盡力照顧他，陪伴在側。

同年的 8 月 5 日，Vivian 的丈夫因臉黃和眼黃的特徵已持續多個星期，明顯是肝臟出了問題，於是又再次入院，醫生邀請家屬前往醫院來，稱情況不甚理想，讓他們有心理準備。到了第三個星期，丈夫彷彿迴光返照，令家屬們抱有希望，醫院還隨即安排 Vivian 的丈夫前往九龍療養院進行物理治療，重新學習走路。

可惜，踏入第四個星期，丈夫的病情每況愈下。9 月 8 日當天，在眾親友的陪伴下，Vivian 和女兒拖着他的手，親自讀出她為丈夫寫的最後一封信：「您是一位好丈夫、好父親，為社會付出一生的精力。雖然是個平凡人，但卻是平凡中的不平凡，過去 5 年，當我患上乳癌時，您除了全心全意照顧我，還特意抽空支援其他乳癌家屬，5 年來風雨不改，協助他們照顧患病的親人。這 5 年，相信是您人生中最精采、最無悔，和最為社會付出珍貴的時刻……」，這是 Vivian 給丈夫最後的讚許。她亦意識到——他有用心聆聽着每一個字，然後走完人生旅途，安祥辭世。那天是中秋佳節，令人倍覺傷痛。

其後，Vivian 全副精力地處理丈夫的身後事，雖身心疲累，但仍表現堅強。那時，她體力已透支，甚至一度出現暈厥的狀態。家在油麻地區的她，一天獨自走到天橋上放聲大叫，釋放心中說不出的痛苦、難過與哀傷。最愛的丈夫離去，她就像失去了人生的支柱……

辦完丈夫的身後事，Vivian 例行身體檢查，發現癌指數升高了，其後再照正電子掃描，結果發現乳癌復發，癌細胞擴散至骨骼 3 個不同地方，而且有轉移的跡象。在短時間內痛失最愛，癌症又同時翻發，對 Vivian 來說，是突如其來的一個打擊！有點禍不單行，就這樣，令她心灰意冷和意志消沉。此時，她決意與世隔絕，整天把自己困在家中，獨個兒面對着漆黑的世界。

　　「我很害怕！爸爸剛過身，媽媽又變成這樣！我不懂如何去安慰和開解她，希望『粉紅天使』姨姨們，可以幫助我媽媽。」Vivian 的女兒和我們非常熟稔，她向我們求助。多年來，女兒一直在父母的庇陰下成長，剛剛失去父親的依靠，現在又感受到母親一蹶不振的無助，令她感到前所未有的驚恐。「沒有爸爸的日子，我們過得很痛苦。我找不到傾訴的對象，只能日復日地活着，像失去了人生目的。有一天，同學打電話給我，訴說他父親剛去世的消息，我倆彷彿同病相憐，於是在電話中不停痛哭，往後的日子，幸好有她彼此扶持。」

　　我請她放心：「我們會幫忙的。」

　　我致電給 Vivian，瞭解她目前的狀況，她一五一十的説出。此時她意志薄弱，恐有輕生的念頭，於是我鼓勵：「女兒不能沒有您呢，要堅持啊！作為一位母親，要堅強地生活，成為女兒的榜樣；假若您自暴自棄，除了影響身體外，也影響了女兒，變相地成為一個不負責任的媽媽。」我將其女兒早前分享的感受告知，讓她好好思考一下，現時已非她個人的問題，而是整個家庭的問題。

　　「不要自己一人留在家中，不要想太多，明天早上開始，外出行山做運動，好嗎？」經過多番的勸解，Vivian 終於聽從我的建議。「好，我早上到京士柏行山。」

　　「行山的時候拍攝兩張照片，傳給我。」我提示着。「如果收不到照片，我會親自到家中帶您出去。」為了幫助 Vivian 走出困境，我們承諾每次治療，也會陪伴在她身旁，成為她的監護人。

　　翌日，我收到 Vivian 女兒的電話：「粉紅姨姨，好消息！媽媽留了便條，説離家往京士柏行山，到時會拍照給您看。多謝您們的鼓勵！她終於願意行出第一步，不再困在家裏了！」她多次言謝。其實，能夠讓 Vivian 繼續生存下去，打動她的其實不是我們，而是女兒的愛。

　　後來，Vivian 女兒寫了多封信答謝「粉紅天使」姨姨。「媽媽乳癌復發，需要接受多次化療，由於我要上班，無法經常陪伴在側，內心實在很難過。深感自己不孝，曾想過辭職陪伴媽媽，但自從您們出現後，能陪媽媽前往醫院化療，又可送她回家，好讓

我能專心工作，您們的出現真的太好了，令我不再愧疚，而且很感恩有您們相伴，我可放心了。」

Vivian 女兒畢竟很年輕，未能兼顧工作及母親是可以理解的。我們為她解決了難題，令她無後顧之憂，專心為前途打拚。而 Vivian 在我們的關心及支持下，亦終能打開心結，再次接受治療，對我們來說是一大鼓舞，這也是金錢買不到的最佳「回報」。

「『粉紅天使』無私付出的精神，絕對值得嘉許。」數年來，我們的團隊與倆母女風雨同路，Vivian 不禁回憶起 3 個令她非常感動的片段。

「化療藥令我感覺寒冷，加上時值冬季，可謂『凍上加凍』。有時療程在中午進行，由於要獨個兒輪候，故不敢隨處找吃的，

幸得 Z 見我未吃午餐，於是特意為我在醫院的飯堂，代買叉燒飯給我充飢，讓我有體力繼續治療，那次我深深體會支持和關愛之情，因這不止是陪診那麼簡單，而是語言不能表達的心靈慰藉。」Vivian 形容這是「一飯之恩」。

「又有一次，我的化療時間延誤了，而那天剛好是『粉紅天使』Hannah 女兒的生日，由於她承諾會全程陪伴我，最終因遲了回家而錯過了女兒的生日聚會，我記得當天還是中秋佳節呢！所以，您們的付出，真的令我非常感動。」

「還有一次，是 2018 年，颱風『山竹』襲港，香港掛上 10 號風球，很多樹木都倒塌了，市面道路一片混亂，很多上班族均未能準時回到工作崗位，而伊利沙伯醫院的門前，亦被倒下的大樹阻壓，醫護人員們很艱辛才能抵達醫院。而我卻要在當天進行化療，最後幾經辛苦，才能抵達醫院，怎知抵達大堂時，竟然見 Z 已比我更早到達，還站在醫院的門外歡迎我呢！」

回想起那次，Vivian 看到我時落淚了。她問我怎樣由將軍澳前往伊利沙伯醫院，我回答：「平安；順利到達便可以。」

過去數年，Vivian 完成了不同種類的治療，包括：自費的荷爾蒙藥、打骨針、電療、口服化療藥和化療等等。縱使癌症復發，她依舊如常生活，在身體許可的情況下堅持運動、散步、行山、參加不同機構的活動、出席病人支援小組及分享經驗，又不時出席同路人的聚餐活動。

我們見證着她積極面對治療，偶有情緒低落的時候，例如：出現抗藥性、癌指數飆升、須自費使用新藥……等等，這些因素均會令她情緒不穩、產生恐懼甚至呆呆的坐着，不懂回答醫生的

提問。這時，我們便會擔當傳譯員的角色，重新演繹一次醫生的意見，好讓她慢慢消化，再次接受新的療程。

　　即使是鋼鐵，也有被燒融的一天，Vivian 也不例外。她作戰過程中悲喜交織，挫折一度磨滅了她的鬥志。於是，每次與她見面時，她總會來一個擁抱，拖拖我們的手，以表達謝意，而她亦無數次提及：「Z，您和其他『粉紅天使』是真天使，每位都充滿愛心，在路上與我風雨同行。」有時，我們也有愛莫能助的時候，例如在醫生覆診時，發現情況和預期不同，這不禁令 Vivian 一踏出門診部便淚流披面。我們能做的，就是默默地坐在她身旁，讓她感受到支持、鼓勵及力量，然後讓她哭個痛快。

　　Vivian 手上裝了 PICC 導管，每星期須前往醫院沖洗一次，幸而這沒有影響她外出旅行的意欲。2016 年，她那身處澳洲的姨甥仔結婚，她遠道前往該地參加婚禮；2018 年，兒子畢業了，她又前往澳洲一個多月；2019 年 3 月，她再度重遊澳洲數星期。印象尤深，其中一次，Vivian 須接受 4 個療程的化療藥，最後因反應非常理想，最終可以完成 8 次療程，而癌指數亦由 20 多降落至正常水平，於是醫生讓她放一個長假，最終她利用這段時間又往澳洲玩了一趟。

除了我，陪伴 Vivian 治療的還有十多位「粉紅天使」，記性好的她，會記得每一位「粉紅天使」的名字、特性以及幫過她的事情。她那種不氣餒、不抱怨和不怕復發的精神，令她懂得與癌病共存，開開心心地生活，這種態度，實在值得大家學習。

知多一點點

在 Vivian 的個案中，「粉紅天使」團隊不但協助同路人，還協助了其家人的需要。她懂得與疾病共存，很大程度上與其良好的心理質素有關。接受別人的幫助，懂得感恩；遇到有需要的病友會伸出援手，分享經歷；對自己懂得永不放棄，對其他人懂得協助對方。Vivian 有很多金句，常常鼓勵自己及別人，在這不妨多多分享：

1. 從心不苦做到身不苦（與病為友）
2. 從看得破做到過得好（做好現在可以做的事）
3. 從藥物治療做到心靈治療（勉勵自己，淡然處之）
4. 放下執着，安然自在（人生就像手提箱，拿得起要放得下）

怎樣面對病苦：

要身病（心）不病，
身痛（心）不痛，
身苦（心）不苦，
身累（心）不累，
一切為（心）做。
不要想太多，愛在當下，我愛您們。
擁有家人和朋友。珍惜擁有的一切，我們幸福了！
姊妹們，在治療過程中，吃、喝、玩和樂都是我們的「工作」，要做好這份工！
玩多些！吃多些！開心笑多些！姊妹們努力、加油！

粉紅心聲

　　換了身份，再次踏足抗癌路，這並非易事──她們需要再度「體驗」自己昔日患病的經歷，再次觸動痛處，以及似曾相識的治療過程。然而，「粉紅天使」無懼過往、愈戰愈強，從中更深入地認識了自己及感受到助人後之滿足。一起細看三位「粉紅天使」的心裏話。

粉紅心聲
Edythe Ho

　　我是 Edythe 何姑娘，是負責粉紅聊天室的義工。我是 2014 年 10 月確診乳癌，2015 年完成治療後，就開始做義工至現在。記得初確診時，每次跟別人提起自己患乳癌，淚水就控制不了，後來參加別的乳癌組織病人小組，與同路人講多了，又有護士在場解答提問，發現原來患上這病並不是想像中的害怕。後來亦跟了曾鼓勵自己的義工，成為初確診姊妹的同路人。

　　初時覺得當義工可以幫助別人，非常有意義。事實是：在聊天室內看到好多不同背景不同性格的初確診姊妹，讓我看到每個人都有獨特性，亦學習耐性去聆聽別人的說話，亦看到有姊妹雖有不幸遭遇，但仍然勇敢積極面對，更去安慰別人，這些事都給我好的提醒和學習。所以，我覺得當義工有很多得著呢！

　　好像最近的聊天室來了一位姊妹，每當提起自己確診就淚水不停，非常擔心，其他姊妹都為她打氣，最感動的是有位較年長的姊妹，當初自覺年紀大，怕承受不了就不想接受化療，後來想通了亦完成了治療，她親自去鼓勵這位初確診憂心的姊妹，實在非常有說服力，亦看到大家有康復的，有不同治療階段的，亦有初確診的，大家都彼此支持鼓勵，構成一幅美麗的圖畫，雖然有病容，但我覺得我們這一班姊妹全都是美麗的粉紅天使，大家都有愛人愛自己的心啊！

粉紅心聲
巫金嫻

山重水覆非末路 柳暗花明換新天

去年五月身體檢查中發現自己多年前乳癌復發，正當有點徬徨之際，迎來全球華人乳癌組織社工的關愛，感恩喔！

其後，我參加了義工，在華乳 WS 群組跟同路人聊聊天、打打氣，多聆聽他們的想法、感受和擔憂；在給予同路人抒發自己情感，以釋放其情緒的同時，大家能互相鼓勵，互相交換抗癌路上的心得，自己也有很大的得著呢！

參加義工工作，心靈的滿足是我最大的收穫喔！

粉紅心聲
潘瑞芬

作為一位護士，生命的意義在於盡一己之力，幫助身邊的人，不論是認識的、不認識的、擦身而過的、萍水相逢的、疾厄中的，還是需要安慰的。作為過來人，我更明白患者和家屬的需要和憂慮。

回想 10 多年前發病時，我雖然是護士，對醫療程序、用藥及副作用等都有認識，但在化療期間捱盡苦頭、飲食困難，以及身體虛弱等問題，若單靠個人之力，是不容易走過的，幸好當時有另一護士同路人分享心得，她以電話提醒及鼓勵我，她的出現像天使般，陪伴我過渡化療最低沉的苦楚。

感恩能以生命影響生命，燃點自己祝福別人，讓他人感到溫暖，提升同路人的正能量。受她熱心支援所影響，康復後我便成為支援小組義工，多年來陪着同路人走過療程的陰谷。我相信過來人的說話，比任何人都來得更有說服力，因為每一位乳癌患者在抗癌過程中，曾經歷過甜酸苦辣，對後來的患者也有參考及鼓勵的作用，患者相互之間耳濡目染分享經歷，說服力勝過醫生千言萬語。同路人的鼓勵和親身經歷，絕對有助初患者學習戰勝恐懼、梳理不安情緒、抱着樂觀態度面對乳癌、克服治療的不良反應，以及勇敢走出疾病的陰霾。

癌症當然不止影響病人的身體，它也強烈地衝擊着病人的心靈，鑑於現時的醫療體系，甚少將心理關懷納入作為癌症治療

的一部分。作為「粉紅聊天室」義工，透過悉心聆聽，除了分享乳癌資訊及食療養治外，當患者是位年輕母親時，更要面對為了年幼的子女活下去的壓力，這時需要更多的鼓勵和支援，才能堅持繼續抗癌，這些實際支援包括：安排孩子的照顧、化療的副作用，以至因味覺和嗅覺變化的飲食安排，甚至如何申請藥物資助，以減輕家庭的經濟負擔……等等，作為同路人，讓患者瞭解可能面對的問題，以便能及早安排朋友或家人，幫助渡過人生最艱難的日子，以減低患者在療程中的恐懼和憂慮，讓患者能積極及安心面對療程。

需要時，支援患者家人遠離負面情緒，保持理性，嘗試去瞭解情況，可以更客觀地讓家人照顧患者。

及早發現是治療關鍵，對乳癌患者來說尤為重要，腫瘤若能及早發現，存活和康復的機率均會大大提高，而且更多像我的患者，可以有機會完全康復。

由於中西文化差異，對抗乳癌療程的心理及生理的處理方式也有異同，「全球華人乳癌組織聯盟」的成立，有助拉近華人病患者的距離及分享心路歷程，希望生活在異地的華人乳癌患者也從中交流合作，找出最適合華人患者支援技巧，不須孤軍作戰。

康復者心聲

　　「粉紅天使」幫助同路人，不求回報，有時病友一句簡單的「謝謝」、一個溫暖的擁抱，已是別具意義的回饋。在「粉紅天使」的守護之下，一眾乳癌病友、其家屬親友，又是懷着怎樣的心情，面對疾病？就讓我們細閱以下受助病友寫給「粉紅天使」的謝言，便能感受到當中無私的愛。

康復者心聲

5月中我確診乳癌，可以想像得到我是多麼的徬徨和驚恐，突然和死神那麼接近。我的先生大部分時間不在香港，我的兩個女兒還年少，那時我是多麼的孤單和無助。感恩上天派遣了「粉紅天使」陪我去了打第1針化療，您也一定可以想像得到我的情況是多麼的災難，幸得她們每天致電給我問候、給我意見。

麗娟

真心感謝您們的幫助，由事發至今，我好像經歷一場夢，因為來得很快很突然，所以我很驚慌恐懼，從您們口中，我可以認識到病情的進展，比較安心，遇到問題又可找您們解答，已經是一件很難得的事，現在又多一位「粉紅天使」幫我！非常感恩！

詠恩

在電話中和「粉紅天使」聊了半小時，她們非常好，教了我如何飲食，我覺得GCBC整個組織的人都非常好，多謝您們，多謝「粉紅天使」。

小安

不知如何用語言來感激這一群好朋友好姐妹，多謝大家的關心和關懷，我一定會努力加油！

惠嫻

每一天都打電話來問候我，我覺得好安慰，好感謝「粉紅天使」。

祖賢

192

感謝您最初的幫忙，也感謝您時常不厭其煩的回答我神經質的問題。

珍珍

與大家分享一次經歷，一位太太參與「粉紅聊天室」時，感覺不太開心，但離開時，她帶着正能量回家！「施比受更有福」，回想當日我前來中心時，心情比她更差，幸好有您們一人一句的安慰和支持，我才走出困局，當日您們幫我，今日我可以幫助他人，真的好開心！

小冰

我一定不會放棄，有那麼多姊妹給我力量，我會努力的！

婉玲

聽完您們的分享之後，對將來的治療放心了一些！我本身是「緊張大師」，思想不夠正面，整天擔心一些未必會發生的事，所以我要努力學習！就正如剛剛做的小手術，萬萬想不到有這樣的併發症，醫生說是20年來都沒有發生過，為何偏偏發生在我的身上呢？我一直都很想積極面對，但就被這些意外打擊我的信心。不過我承諾會繼續努力面對，不會辜負您對我的鼓勵！

展薇

我今天完成第21次電療，終於畢業了！但仍要不時往返「屯院」見醫生姑娘，及要食藥！ 謝謝您這段日子對我的鼓勵和幫忙！衷心感謝！

玉嬋

化療期間病友常見的問題

　　常見的乳癌治療方法多元化，當中包括：手術、放射治療、化學治療、標靶治療及荷爾蒙治療。面對化療時，您可能會有很多疑問，以下是我們總結多位病友接受化療後，最常查問的21條問題，希望能幫到您。如對所接受的化療仍有其他任何疑問或顧慮，請直接與您的主診醫生商量，聽取其專業意見。

1 為甚麼我除了化療，還要進行標靶治療，是不是我的病情較嚴重？這會否增加復發的風險？

有 25% 乳癌病患者帶有 HER2 受體，而標靶治療可以幫助控制 HER2 乳癌，減低復發機會及增加存活率。雖然 HER2 乳癌患者比較容易復發，但現時進行標靶治療後，復發機率已經大幅減少。

2 化療是否真的有效？為甚麼手術之後還要做化療？有甚麼後遺症？有方法可以減少後遺症嗎？

化療當然有它的效用。一般來說，腫瘤科醫生會視乎病理報告來計算病人復發風險，評估是否需要用化療來輔助減低復發。打個比喻去解釋這個道理：一個腫瘤就如一棵樹，手術已經把這棵樹連根拔起，只是視乎樹的大小，拔起之前可能已經有些種子散播在地上，這些種子將來有機會發芽再生長，形成復發。醫生都會透過分析這棵樹，即病理報告，去查看腫瘤大小，以及看看附近的血管淋巴有沒有受到影響，以荷爾蒙受體、HER2 受體及 Ki-67 來計算有否需要用化療來減低復發機會。

3 不想進行抽針，因為擔心抽針後腫瘤會變大，怎麼辦？

乳癌抽針本身不會刺激癌細胞而令腫瘤變大或惡化，現行的醫學數據顯示，只有原發性的肝癌會因抽組織時候，癌細胞沿着針口而擴散，但乳癌卻不會，所以乳癌患者是可以進行抽針的。

4　常聽見護士稱「血管幼、很難找」，如有上述情況，病人可以怎樣配合？

如果血管比較幼細難找，加上注射的藥物比較會刺激血管，可以考慮利用一些導管的裝置。如病人須於化療期間注射10針或以上，可以與醫護人員商量，考慮裝置「植入式導管」注射器（Port-a-Cath），經由皮下植入方式，將導管與靜脈血管相接，或 PICC 靜脈導管。病人亦可於注射前，多做手部開合運動，讓手部充血，令血管浮現，護士便可容易一點找到血管。

5　化療注射後，感到血管非常痛，是否壞了？聽說化療藥會「打死血管」，如是，可以如何處理？

化療注射後感到血管痛，情況可能是因化療藥刺激而發炎，又或是因為注射時，有些化療藥物滲漏了，令附近皮膚發炎。如果是血管發炎，通常只是局部範圍，慢慢便可復原，下次化療時選用另一條血管接受注射，讓之前的血管多休息一下。但如果是藥物滲漏引致的話，情況通常會比起血管發炎嚴重，範圍也會比較大，當然有疑問便應找醫生檢查，尤其是在吊針藥化療期間，如出現持續腫痛的情況，應立即請醫護人員查看，若有藥物滲漏，醫生可能會停止化療及處方藥物，但此情況是非常少見的。如以上情況多次出現，醫生亦會建議病人裝置「植入式導管」注射器。

6 化療期間常有發燒的狀況，究竟燒至多少度，才需要前往急症室？未達至此度數，如相差 0.4 至 0.5 度，又應怎樣做？

現時病人都會注射提升白血球針，出現發燒的狀況已經大幅減少了。但是在化療期間，如果體溫高至攝氏 38 度或以上，相隔一小時後仍然是超過 38 度，又或者第 1 次測量體溫時已經逾 38.3 度，便屬於發燒，須立即前往急症室求診。除了體溫，病人也可以觀察自己身體狀況，是否感覺到很不舒服，如果是的話，就算體溫未超過 38 度，也應盡快去看醫生。化療令身體的抵抗力減弱，所以發燒必須小心處理，此期間容易有細菌感染、入血，而導致出現敗血症，甚至導致器官衰竭，有生命危險。因此為安全起見，建議病人前往急症室求診，做初步檢查和治療。

7 因發燒入院，要「種菌」及吃抗生素，是不是因為我的病情嚴重了？有危險性嗎？

化療後發燒入院，絕對不代表病情嚴重了。不過，由於化療後抵抗力減弱，細菌感染惡化速度可能加快，所以醫生會比較進取地去保護病人，同一時間為病人「種菌」，又處方抗生素，減低病人生命的危險性。

**8   為何我是先進行化療才做手術，而另外一位患者則先做手術
才進行化療？**

一般來說，手術之後才做化療又或術前化療，成效其實是完全相同的。如果病人的腫瘤比較大，大到不能進行切除手術，又或是病人本來需要做全乳房切除手術，卻希望可保留乳房，做術前化療可把腫瘤縮小，這些都是醫生決定做術前化療的一些因素。另外，三陰性或 HER2 型的乳癌，對化療藥敏感度比較高，所以術前化療的應用會比較常見。因為敏感度高，之後做手術的病理報告可顯示化療藥的成效，看到腫瘤是否因化療而大幅縮小，醫生便可以掌握數據，來選擇下一步的治療方案，減低復發的風險。

那麼說，術前化療是否比術後化療好呢？事實並非如此。因為我們不能百份百肯定藥物縮小腫瘤的成效，萬一失敗了，有機會因為延遲做手術這決定，而使乳癌腫瘤變大，最終不能做手術。如果是管腔 A 型和管腔 B 型乳癌，由於本身這類型的腫瘤對化療敏感度不算高，醫生一般都會建議先做手術之後再做化療。每位病人腫瘤的特質、大小及分布位置都不同，不能夠一概而論。

9   選擇「全切除」或是「局部切除」？「全切除」是不是可以降低復發率？「局部切除」，又會否增加復發機會？

「局部切除」後再接受電療的治療效果，與「全切除」是完全相同的，病人不會因「局部切除」而增加了復發風險。既然效果相同，如果情況許可的話，醫生當然會盡量選擇「局部切除」，保留女性重要的特徵，減低其心理創傷，美觀之餘，術後身體回復也會快一點。

當然除非遇上技術上不可行的其他因素，例如：

1. 乳房有數處腫瘤（火種）；

2. 腫瘤體積相對乳房大很多，「局部切除」後，乳房不美觀；及

3. 需要考慮電療，「局部切除」一定要加上電療，才能有「全切除」的效果及好處，有部分病人不適合電療，例如：患有紅斑狼瘡、硬皮症，或曾做過乳房電療的人士。

10 化療有甚麼副作用？有甚麼後遺症？有甚麼方法可以減少後遺症？

常見副作用：疲倦、噁心、嘔吐、掉頭髮、失眠和食慾不振等等。化療後遺症其實不多，紅針（AC針）有機會傷害到心臟，而注射T/TC紫杉醇針後，手指腳趾或會麻痺，但只是短暫現象，隨着時間過去，這些副作用會慢慢減退。

11　口腔生痱滋、失聲、加上牙齒發炎，如何補救？

生痱滋或失聲的情況，不是很常見，如出現的話，建議保持
口腔衛生，用鹽水漱口或者用漱口水漱口來紓緩。如果生痱
滋的情況比較困擾，也可以塗上一些痱滋膏減輕症狀。至於
失聲，其實沒有甚麼特別藥物可以用，要看是否喉嚨發炎
所致。牙肉發炎，要看情況有多嚴重，一般可用漱口水來紓
緩，如情況比較嚴重或輕微含膿，則需要去見牙醫，或須服
用抗生素及消炎藥。化療期間，如要做一些牙齒護理，牙醫
都會特別擔心，如果抵抗力低、血小板及白血球低的期間，
盡量避免脫牙或杜牙根，這有機會令傷口感染或出現流血不
止的情況，如純粹牙齒護理，則基本上是沒問題的。

**12　感到沒有胃口，食物入口時，好像嘗到鐵銹味，是化療的副
作用嗎？怎麼辦？**

口中有鐵銹味是化療的副作用。由於舌苔是活躍的細胞，故
化療後，很多病人時常反映味覺會出現變化。建議病人可以
嘗試吃不同的食物，看看哪些食物的味道會較容易接受，盼
能找到自己味覺上比較喜歡的食物，減輕一下整個治療過程
的辛苦。靜候時間過去，藥物的副作用會消失，味覺便會回
復正常。

13 **化療期間如感到身體不適、例如：牙肉腫脹或便秘，又常常感到骨痛或身體水腫，包括：面部、手及腳，應該如何處理？**

化療期間身體不適，可以服用一些藥物紓緩。腫痛，可吃腫痛藥物；便秘，可吃便秘藥；骨痛，可吃止痛藥⋯⋯如有水腫，可試試提高手部和腿部，或以物理治療減輕狀況。但很多病人都擔心吃了藥會減低化療的效用，所以傾向忍受副作用而不服藥，結果反而受到困擾。其實這些化療引起的副作用只維持一段短的時間，如果可以進取些，見招拆招，因應不同副作用而服用紓緩藥物，身體就可以舒服些，睡眠和精神都會好一點，心情自然也會好點，更可打破惡性循環。不要因太過顧忌而不吃藥，因為這些問題都是短暫性的，不須長期服食。

14 **病友白血球低或因感染入院，如何能讓她釋懷，有甚麼提議可以令她更安心？**

化療後白血球過低或因感染入院，只是個別事件，病人不用太擔心。對現時醫學來説，此情況是很容易處理的，醫生可以透過處方抗生素、提升白血球針藥等等的方法，便能幫助病人快速回復正常。亦有很多方案，例如：打升白針，以改善白血球降低的狀況，減少延遲化療的可能性。萬一需要延遲化療，而僅發生一次半次，這對病情的影響不大，亦不會增加其復發機會，不用擔心。

15 化療期間，不可以吃哪些食物？

化療期間避免進食有菌及生冷的食品，例如：魚生及生蠔。另外，水果要剝皮後才進食，打邊爐亦應可免則免。如出現飽滯或消化不良等情況，應少吃多餐，另外，最好減少進食油膩的食物。

16 手術後，護士教導我們要保持均衡飲食。但我甚麼也不敢吃，害怕有激素或致癌物質，故此一個月瘦了 10 磅，其實怎樣做算正確？怎樣才不會增加復發機會？

一般來說，就如護士所言，我們都是建議均衡飲食，多菜少肉，少紅肉，而且要注意烹調的方法，不要經常以高溫烹調食物，這樣無論在預防乳房腫瘤復發，或是預防癌症腫瘤的發生，也是一個最重要竅門。

暫時，還未有醫學數據證實食用某些天然食材可以引起某類腫瘤惡化或引致病症復發，即使是一些含有天然激素的食物，例如：雞、豆漿、或是其他肉類，其實它們所含的激素成分不高，須大量食用才有機會吸收過多激素。打個比喻，要一次過吃超過十多只雞，激素才有機會超標，所以不需要擔心食用天然食品。相反，我們需要透過食用肉類，攝取適當的蛋白質來提升免疫力，一般都會建議正確地烹調一些肉類，尤其是去了皮的雞肉或魚肉，這對健康是有利而無害的。

17 手術已完成，但不想再覆診及進行化療，想改用坊間的自然療法，可以嗎？

以西醫治療腫瘤的方法，是經過大型的醫學研究才得出的結論，對於哪些藥有用，哪些沒有，都是透過非常嚴謹的方式得出客觀的答案。相反，自然療法，缺乏經過大型研究來核實的數據，有些憑個別成效的個案來大造文章，卻隻字未提不成功的案例。

當然，西醫亦非百份百有效，但有嚴謹的臨床研究和核實的數據，讓我們知道成效及機會率。西醫的治療方案是根據這些資料數據來決定，病人可以清楚瞭解治療的成效、副作用、好處及壞處，可以與家人詳細討論，來衡量是否適合自己的病況。

經過詳細考慮，家人同意後，病人當然有權去選擇自己的治療方案，醫生也會尊重病人的決定。最後，必須提醒一句，病人須衡量輕重、當中的好處與壞處，這一刻的決定影響深遠，如果決定用坊間的自然療法，日後若復發，會否後悔當初沒有選擇西醫建議的治療呢？因此在決定前，必須想清楚及小心去選擇，以免將來後悔。

18　化療間情緒突變，會不斷哭泣、驚恐及失控等，這是藥物影響嗎？是否需要見「臨床心理學家」或「精神科醫生」？

確診患上乳癌，已經難以接受，之後還要再做化療、電療和荷爾蒙治療等，都會令病人感到長時間的心理壓力。化療並不是一件開心的事，故化療期間出現哭泣、驚恐及失控等情況是正常的，而另一方面，藥物亦會影響情緒。

治療引起的身體不適、脫髮、失去一邊乳房的陰影，以及不能上班賺錢，卻用去家中大量的儲蓄來治病，自己照顧不到家庭，反而要人照顧等想法，都可以令病人短時間內感到情緒低落，甚至失控，有些藥物也的確是可以影響情緒，例如：荷爾蒙藥物，它有機會令情緒出現抑鬱的情況。大部分的情緒問題都可以透過與家人、朋友、醫護人員、同路人的分享，以及坊間的癌症支援來解決，情況不算嚴重則不需要額外的藥物治療。情緒問題比較嚴重的話，因為影響到失眠，甚至有抑鬱的症狀或焦慮症、驚恐症等，才需要以藥物來控制。如果情況再進一步嚴重的話，例如：導致有自殺傾向，便必須轉介精神科醫生或心理科專家跟進。

19 同時服用中藥及西藥，以「中西合璧」方法同步醫治病症，是否可行？飲用紅棗水、龍眼水、南棗、杞子、花生衣湯和阿膠湯等等，算是服用中藥嗎？

我們明白病人希望「中西合璧」，可令治療效果更好，而中藥又可以調理身體。但從西醫角度而言，普遍不建議同時服用中西藥的方法，原因並非醫生否定了中藥的功效，而是擔心中西藥兩者共用，會發生互相衝撞的情況，影響肝腎功能，繼而影響治療。所以還是建議大家在完成化療後，才以中藥固本培元。

紅棗、龍眼、花生衣、杞子和阿膠其實也算是中藥的一種，對於這灰色地帶，病人可以和醫生溝通，大前提是讓醫生可以掌握到化療對病人的副作用，盡量避免引起任何不良反應。

20 化療期間經常失眠，因不想累及家人，故經常感到焦慮、擔心、辛苦及有輕生之念，應如何是好？該怎樣克服？

化療的副作用多，病人感到辛苦，很多時感到焦慮、擔心和失眠等，是可以理解的。大部分的情緒問題，都不是嚴重到需要用藥物治療，一般來説，透過家人和朋友的支持和傾談，都可以幫助病人紓緩他們的症狀，只是家人和朋友很多時都不認識正確的支援方法，有時講多錯多或用錯字眼，病人因而覺得身邊家人未能理解其感受，感到很孤單，甚至萌生自殺輕生的念頭，不過大部分只是一閃即逝，並沒有實質的行動。坊間有很多支援病人的團體，同路人的分享可以幫助病人解開心結，病人通常感受到同路人的理解。不過，如果家人發現病人有些實質的計劃或行動，朝着自殺的念頭進發，那便是一個警號，須立即找專業人士幫忙及向醫生求

助，如情況是來得比較急，或須把病人送去急症室，盡快及直接地處理情緒問題。

21 化療期間可否繼續做運動，繼續跳舞？沒事時候，可否如常上班？

很多人都以為化療期間必須留在家中休息，這是一個錯誤的想法。一般來說，每2至3個星期一次化療為一個循環，第1個星期會比較累和沒有胃口，這時真的需要在家中多休息，但是到了第2個星期，又或是打了提升白血球的針藥後，一般會慢慢回復狀態，精神會好轉。如果身體仍感到累，可以在自己家樓下輕鬆散步，慢慢把運動量加大，可以做到每天半小時的步行運動，或做些輕量運動，例如：太極和瑜伽等。如身體狀況比較好，工作壓力又不大，期間可以嘗試上班，看看自己的體能是否能適應。但是，身處較人多的地方，例如：升降機內、餐廳或戲院等，又或是上班的地方多人，都必須戴上口罩及正確潔手，保護自己。

不過既然正在化療，何不就讓自己放一個悠長的假期？針與針期間，如果精神許可，可以去旅行散心，放鬆自己，亦可藉此審視自己的內心世界，調整一下自己的人生方向。

根據美國的指引，大部分癌症康復者都適合做運動，不一定是跑步這種劇烈運動，可以是簡單的散步和拉筋動作，若長時間因患病而足不出戶，反而無助康復進度。

鳴謝黃麗珊醫生審閱

「全球華人乳癌組織聯盟」簡介

全球華人乳癌組織聯盟（華人乳癌聯盟）Global Chinese Breast Cancer Organizations Alliance 於 2006 年由一群乳癌康復者、義工及醫護人員組成。

華人乳癌聯盟多年來抱着支援乳癌患者的共同理念，推廣乳健教育，加強各地華人乳癌團體間的資源共享，把最新的乳癌資訊、治療及支援方法帶給各地團體，切合華人患者的需要。我們是目前唯一把世界各地華人乳癌支援組織聯繫一起的平台，現共有 90 多個會員機構，包括：北京、上海、香港、澳門、台灣、紐約、加州、休斯敦、新加坡、馬來西亞、印尼……等地區。

我們自從 2016 年於香港註冊為慈善團體後，亦致力服務香港的乳癌病人，成立了「香港粉紅天使」團隊，推出香港首創以及免費的「粉紅天使乳癌化療陪診服務」，由乳癌康復者義工陪伴病友在醫院進行化療，讓她們在抗癌路上不再孤單，又透過過來人的經歷扶助新確診患者，助她們克服困難及順利完成所有治療。

其後我們不斷擴展服務範疇，包括：因應病友不同需要陸續加入「粉紅熱線」及以 WhatsApp 支援的「粉紅群組」，亦有專注0 至 3 期病友的「粉紅聊天室」及 4 期病友的「加油聊天室」，更有「粉紅學苑」定時推廣乳健教育、提供乳癌資訊及舉辦不同復康活動，至 2022 年更展開淋巴水腫檢測及紓緩服務。

根據受助者反映，我們的服務有助減省醫護的工作及紓緩病人家屬的壓力；讓接受服務的病人更積極面對困難及更願意完成整個療程。

隨著華人乳癌聯盟在香港提供愈來愈多的服務，並期望與本地社福界緊密交流，2020 年我們成功加入香港社會服務聯會，成為機構會員。2018 年至 2023 年，我們更連續三屆獲香港勞工及福利局頒發「社會資本動力標誌獎」，肯定我們為病人服務的貢獻。

除了關注本地，我們亦致力推展國際工作。2018 年至今，華人乳癌聯盟成為國際癌症控制聯盟（Union for International Cancer Control，簡稱 UICC）的成員之一，而我們的主席王天鳳女士更於 2021 年被推薦成為世界衛生組織（WHO）乳癌倡議工作組成員，為華人病友發聲，推動及實踐防癌抗癌的工作。

粉紅天使 9大服務 全面守護

我們明白對乳癌患者而言，由確診的一刻開始，生活突變、身心都有許多需要適應。華人乳癌聯盟因應乳癌各階段不同的需要，提供多項重點服務，並且一直尋求進步及新發展，期望陪伴病友走向康莊大道。

1. 陪診及陪伴

作為香港首創的化療陪診服務，這項服務深受醫護及病友歡迎和讚賞。我們以配對方式，安排期數及癌症特性類同的「粉紅天使」義工陪同病友在政府醫院或癌症中心接受化療，以行動支援她們，減低病友因化療而產生的恐懼、疲憊及無奈感。

我們自 2021 年起因疫情限制陪診，而開設了陪伴服務，若病友希望傾訴心事，粉紅天使樂意成為聆聽者陪伴她們，一同分享喜憂。

「粉紅天使」由一群熱心病友組成，她們接受過義工訓練，以同路人的真實經驗陪伴及安慰病友，給予身心支援。

2. 粉紅熱線 3618 8330

乳癌病者及其照顧者的身心壓力不足為外人道，很多時感到徬徨無助。我們的粉紅熱線由星期一至星期日早上 9 時至下午 8 時開放，接聽病者或照顧者的來電，由經驗豐富的社工或輔導主任解答有關疑問，給予關懷。

3. 粉紅 WhatsApp 群組 5479 0827

面對確診乳癌或已經開始接受治療的病友，往往需要許多支持及鼓勵，才更有力量戰勝病魔。我們因應每位病人的期數及乳癌受體特質等因素，配對兩至三位類同病況的粉紅天使義工，組成 WhatsApp 群組。她們透過群組分享、支持及鼓勵，給予正能量，陪伴病友至完成療程。

4. 粉紅聊天室

0 至 3 期乳癌病友，除了可以參加「粉紅 WhatsApp 群組」獲得同路人支持之外，我們更設「粉紅聊天室」，由資深護士、義工及經驗豐富的社工 / 輔導主任提供支援，為病友疏理情緒、給予資訊及鼓勵，協助她們積極面對治療。

5. 加油聊天室

乳癌 4 期或復發的病友所面對的困難與需要不一樣。因此我們在 2020 年 8 月開展「加油聊天室」服務，由資深社工負責，專門為 4 期及復發的乳癌病人提供特別關顧，讓她們獲得更多積極正面的力量。

6. 粉紅學苑

預防乳癌、提供乳健教育及提升患者的身心發展，是華人乳癌聯盟重要的工作之一。「粉紅學苑」包括所有教育推廣及促進患者及照顧者身心發展的活動，例如邀請不同專家在線上及實體講座、療癒活動如：化妝、跳舞、瑜伽、拉筋、太極……等，病友透過共同參與，既可學習新事物及興趣，又可以相互聯誼、交流及支援。

7. 淋巴水腫服務

淋巴水腫是許多乳癌康復者面對的長期困擾，影響日常生活外，更令患者情緒低落。有見及此，我們於 2022 年 6 月 20 日正式展開淋巴水腫檢測及紓緩服務，由註冊護士專業主理，為姊妹把關，監測水腫狀況，保持健康狀態。

8. 一對一專業輔導

自 2020 年加入社工 / 輔導主任後，照顧病友更貼身，病友可直接致電中心社工或輔導主任傾訴。

9. 粉紅醫道

為病友提供免費醫療諮詢。

「粉紅天使乳癌化療陪診服務」簡介

　　一群充滿愛心的乳癌康復者組成的香港「粉紅天使」義工團隊，自2017年中起，開始為乳癌病友提供免費化療陪診服務。在香港公立醫院陪伴乳癌病友接受化療，期間照顧病友的情緒，解答病友對化療的疑問，協助病友登記、輪候、繳交費用及取藥等，以減低他/她們在療程中的恐懼和憂慮。

服務宗旨：
以過來人身份，藉「粉紅天使乳癌化療陪診服務」，支援乳癌病友！

服務對象：
需要接受化療的乳癌病友。

服務範圍：
於香港所有公營醫療機構；在各醫院大堂集合，治療完畢陪伴病友回到家居大堂。

敬請預約：
於化療前5個工作天致電預約，通知期少於5天者，須視乎義工安排。

專業培訓：
所有陪診的「粉紅天使」義工均須接受醫護人員、心理學家及資深義工提供的培訓，確保對化療、病友情緒困擾有所認識，並須遵從「全球華人乳癌組織聯盟」訂立的義工守則。

貼心配對：
為了提供患者最適切的服務，在可行的情況下，我們會按病友年齡、癌症期數，以及其接受治療之醫院，配對背景相似的義工進行陪診。

粉紅熱線： 3618 8330

「粉紅之友」會員申請表格

全球華人乳癌組織聯盟
Global Chinese Breast Cancer
Organizations Alliance

會員編號	（職員填寫）

歡迎您加入成為我們的「粉紅之友」會員，請填寫下列表格，完成登記後我們會有專人與您聯絡。如有任何問題，可致電 3618 8330 查詢。

請在適用空格填上「✓」

姓名	（中文）		（英文）	
性別	☐ 男	☐ 女	子女數量	
稱謂	☐ 先生	☐ 女士	個人專長	
婚姻狀況	☐ 未婚	☐ 已婚	☐ 鰥寡	☐其他
出生年份	年		身份證號碼	（前 4 個數字）
學歷			職業	
電郵			電話	
聯絡地址				

您是　　☐ 乳癌病友正在接受治療 / 康復者

期數：_____　化療次數：_____　醫院：_____

☐ 癌症康復者的家人或朋友

☐ 專業人士 / 醫護人員　　☐ 其他 _____

☐ 本人願意加入全球華人乳癌組織聯盟，成為「粉紅之友」會員

如願意成為「粉紅天使」義工，請填寫以下資料

1. ☐ 本人願意同時成為全球華人乳癌組織聯盟「粉紅天使」義工。

2. 我願意參與以下義務工作：
   ☐ 陪伴病友　　☐ 乳房健康教育活動　　☐ 籌款活動
   ☐ 行政工作（資料輸入、網站處理、編輯、翻譯、校對及設計等）
   ☐ 撰稿　　☐ 翻譯　　☐ 其他 _____

3. 您曾經是義工嗎？如是，請註明年份、機構名稱及服務對象：
   _____

4. ☐ 我已閱讀及理解貴會的宗旨和使命，並願意遵守義工行為守則。

日期	簽名

請將填妥表格寄 / 交回 全球華人乳癌組織聯盟
地址：香港九龍荔枝角大南西街 609 號永義廣場 29 樓 C 室
或電郵致：info@gcbcoa.org

所有個人資料絕對保密，只供內部會員申請及安排義工用途。

 **捐款表格**

我願意捐款支持全球華人乳癌組織聯盟之活動：
（請在適用空格填上「✓」）

□ 一次性捐款
　　□ $200　□ $300　□ $500　□ $1,000　□ $＿＿＿＿＿＿＿＿

□ 按月捐助
　　□ $200　□ $300　□ $500　□ $1,000　□ $＿＿＿＿＿＿＿＿

□ 其他捐助方案，請註明：＿＿＿＿＿＿＿＿

捐款方法：
□ 劃線支票
支票抬頭請寫「全球華人乳癌組織聯盟有限公司」

□ 銀行轉帳
請把有關款項存入「全球華人乳癌組織聯盟有限公司」，並保留銀行入數紙正本

匯豐銀行戶口 HSBC： 023-835796-838	星展銀行戶口 DBS Bank (Hong Kong) Limited： 783292211

□ PayMe
請掃瞄 QR code 按指示進行捐款

個人 / 團體資料（只作本會內部用途）：

姓名：（先生 / 小姐 / 太太 / 女士）＿＿＿＿＿＿＿＿＿＿＿＿＿＿＿＿＿＿＿

團體名稱：＿＿＿＿＿＿＿＿＿＿＿＿＿＿＿＿＿＿＿＿＿＿＿＿＿＿＿＿＿

聯絡電話：＿＿＿＿＿＿＿＿＿＿＿＿＿＿＿＿＿＿＿＿＿＿＿＿＿＿＿＿＿

電郵：＿＿＿＿＿＿＿＿＿＿＿＿＿＿＿＿＿＿＿＿＿＿＿＿＿＿＿＿＿＿＿

地址：＿＿＿＿＿＿＿＿＿＿＿＿＿＿＿＿＿＿＿＿＿＿＿＿＿＿＿＿＿＿＿
＿＿＿＿＿＿＿＿＿＿＿＿＿＿＿＿＿＿＿＿＿＿＿＿＿＿＿＿＿＿＿＿＿

□ 本人願意加入全球華人乳癌組織聯盟，成為「粉紅之友」會員
　　（如欲成為會員，我們將會安排專人與閣下聯絡。）

請將填妥表格、劃線支票或銀行入數紙正本，寄回全球華人乳癌組織聯盟活動中心，地址：香港九龍荔枝角大南西街 609 號永義廣場 29 樓 C 室。或將填妥之表格連同銀行入數紙照片，電郵至 info@gcbcoa.org，郵件註明：「捐款支持全球華人乳癌組織聯盟」。

查詢熱線：3595 8678
多謝支持！

港幣 $100 或以上捐款可申請免稅（稅局檔號 91/1464）。

我們的連繫

　　全球華人乳癌組織聯盟也是一個國際分享的乳癌組織平台，希望鼓勵各地癌症組織之間的交流合作，讓世界各地華人乳癌支援團體聯繫起來，推動乳癌相關研究，共同改善乳癌治療及支援患者的需要。

　　我們積極開拓不同推廣渠道，包括網站、Facebook 專頁及 YouTube 頻道，以不同形式分享最新乳癌資訊、治療及支援等訊息，進一步鼓勵互相交流和合作，讓病友及其家屬可以獲取最適切的協助，從而獲得紓緩和減壓。

歡迎瀏覽我們的網站：

 www.gcbcoa.org

歡迎讚好我們的 Facebook 臉書專頁：

 全球華人乳癌組織聯盟

歡迎訂閱我們的 YouTube 頻道：

 全球華人乳癌組織聯盟

歡迎關注我們的 Instagram 頻道：

 全球華人乳癌組織聯盟

歡迎關注我們的微信號：

 全球華人乳癌組織聯盟

粉紅天使與她的 26 個檔案（第二版）

出版人：　　　　陳易廷

策劃：　　　　　王天鳳

編著：　　　　　全球華人乳癌組織聯盟

總經理：　　　　馬穎琪

總編輯：　　　　鍾雅詠

出版及發行：　　百寶代指媒（推廣）文化事業有限公司

地址：　　　　　九龍尖沙咀彌敦道 118-130 號美麗華廣場二期 1 樓 171 室

電話：　　　　　+852 2498 0628

傳真：　　　　　+852 2498 0208

電郵：　　　　　info@4448.com.hk

2020 年 10 月首版　ISBN：978-988-78927-4-8

2024 年 7 月第二版　ISBN：978-988-78927-7-9

定價：　　　　　HK$128　NT$510